Giuseppe Culicchia

Essere Nanni Moretti

ROMANZO

MONDADORI

Dello stesso autore in edizione Mondadori

Ambarabà
Brucia la città
Ameni inganni
Venere in metró
Tutti giù per terra. Remixed

librimondadori.it
anobii.com

Essere Nanni Moretti
di Giuseppe Culicchia
Collezione Scrittori italiani e stranieri

ISBN 978-88-04-64159-9

I edizione marzo 2017
Anno 2017 - Ristampa 1 2 3 4 5 6 7

Essere Nanni Moretti

A Federico e Francesco

Sì, la cosa che mi piace più di tutte è vedere le case, vedere i quartieri, e il quartiere che mi piace più di tutti è la Garbatella. E me ne vado in giro per i lotti popolari. Però non mi piace vedere solo le case dall'esterno, ogni tanto mi piace vedere anche come sono fatte dentro. E allora suono un citofono, e faccio finta di fare un sopralluogo, e dico che sto preparando un film.

NANNI MORETTI, *Caro diario*

È logico che se uno vuole proprio crederci, alla presunta nobiltà del proprio destino, è libero di farlo, ma se in questo sforzo non lo sostengono gli slanci di un'estrema giovinezza o le evoluzioni di una naturale follia, come si fa a resistere al sospetto che l'unico altro possibile propulsore non sia la stupidità? O quantomeno la capacità di frenare quella tendenza al rovesciamento nel ridicolo e nel grottesco che in gran parte di noi insidia ogni prolungata sopravvivenza del sublime.

ANTONIO FRANCHINI, *Quando vi ucciderete, maestro?*

Per quanto uno si sforzi di vivere una sola vita, gli altri ce ne vedranno dentro altre mille, e questa è la ragione per cui non si riesce a evitare di farsi del male.

ALESSANDRO BARICCO, *Senza sangue*

You wanna be me
You wanna be me
You wanna be someone.

SEX PISTOLS, *I Wanna Be Me*

Essere Nanni Moretti

Essere Nanni Moretti.

Uhm.

Mi guardo allo specchio.

Io.

Sono.

Nanni.

Moretti.

«Io... sono... Nanni... Moretti.»

Lo dico ad alta voce al volto che mi sta fissando.

No.

Non ci siamo.

«Io sono Nanni Moretti. Io sono Nanni Moretti. Io sono Nanni Moretti.»

Ecco.

Così.

Mi scruto. Lo specchio non è mio. Appartiene al bagno in marmo con doppio lavabo della Signature Suite numero 68 dell'Hotel Danieli. È qui che ci hanno sistemati quelli della Mostra del Cinema, così da garantirci un soggiorno confortevole grazie al romantico balcone privato, alla splendida vista sulla laguna, le isole, il Canal Grande e Punta della Dogana. Per tacere dei pavimenti in parquet, dei lampadari in vetro di Murano, del letto Luxury

Collection, dell'impianto stereo di ultima generazione con televisore 4K Ultra HD Curved da ottantotto pollici.

Bene.

Bravi.

Così si fa.

Anche se a dire il vero avremmo preferito la Suite Presidenziale al Gritti, dove alloggiava Hemingway, 9100 euro a notte. Ma in quella hanno sistemato Nicole Kidman. Qui al Danieli questa suite la danno via ad appena 6300 euro. La Doge Dandolo Royal Suite invece a 9900. Dovendo rinunciare al Gritti, strapieno, io e Selvaggia miravamo a quella. Peccato fosse già stata prenotata per Tom Cruise. Pare che lui e la sua ex non vogliano correre il rischio di incrociarsi in ascensore, ecco perché hanno preteso di soggiornare in alberghi diversi. Quindi noi ci si deve adattare qui. Amen.

«Io sono Nanni Moretti. Io sono Nanni Moretti. Io sono Nanni Moretti.»

Inspiro.

Espiro.

La mia voce è la voce di Nanni Moretti.

Il mio volto è il volto di Nanni Moretti.

I miei occhi sono gli occhi di Nanni Moretti.

La mia bocca è la bocca di Nanni Moretti.

Il mio naso è il naso di Nanni Moretti.

I miei capelli sono i capelli di Nanni Moretti.

La mia barba è la barba di Nanni Moretti.

Le mie rughe sono le rughe di Nanni Moretti.

E le mie orecchie?

Mi metto di tre quarti.

Prima da una parte.

Poi dall'altra.

A meno che tu non sia Fantômas in persona, sono proprio le orecchie a fregarti, nei vecchi film di spionaggio o nei *blockbuster* col nostro vicino di stanza Tom. Ma chi fa caso alle orecchie? Senza con-

tare che questo non è un vecchio film di spionaggio. E nemmeno un *blockbuster*. Questo semmai è un film di e con Nanni Moretti. Che poi sono io.

Io.

Io.

Io.

E.

Io.

Sono.

Tom Cruise?

No.

Nanni Moretti.

NanniMorettiNanniMorettiNanniMoretti.

E domani è il gran giorno.

Domani, in quanto Nanni Moretti, sarò ospite della Mostra Internazionale d'Arte Cinematografica al Lido di Venezia. È solo un evento collaterale, per carità. Un dibattito su Alberto Sordi. Non presento certo il mio nuovo film. A parte il fatto che dovrei essere più che abituato a questo genere di cose. Venezia. Il Lido. La Mostra. Insomma: tutto un déjà-vu.

Tutto un déjà-vu?

Ma come parli, Nanni Moretti?

Inspiro.

Espiro.

«Io sono Nanni Moretti. Io sono Nanni Moretti. Io sono Nanni Moretti.»

Bravo.

Così.

Del resto c'è scritto anche sulla mia carta d'identità, che tra l'altro domattina dovrò ricordarmi di farmi restituire dal concierge.

Cognome Moretti
Nome Giovanni
nato il 19/08/1953

a Brunico
Cittadinanza Italiana
Residenza Roma
Via Gianturco 18
Stato civile ***
Professione Regista
Statura 1.82
Capelli Brizzolati
Occhi Verdi
Segni particolari Nessuno

Selvaggia si materializza sulla porta del bagno. Si sta provando la mise per l'evento. Come sempre gira armata. In mano ha già lo smartphone pronto per il selfie.

Smartphone.

Selfie.

Mah.

«Quanto sono figa?»

«Strafiga.»

Strafiga?

Si mette in posa per il selfie, atteggiando le labbra a bacio. Scatta una foto. La controlla. Fa una smorfia. Si rimette in posa. Ne scatta una seconda. La controlla. Fa una nuova smorfia. Si rimette in posa. Ne scatta una terza. La controlla. Sorride. Col pollice e l'indice la ingrandisce. Si sofferma sui particolari. Schiocca la lingua soddisfatta.

«Figa che figa!» esclama. «La condivido subito su Instagram» mi fa. Esegue. Poi mi chiede: «Tu sei pronto per domani?».

Esito.

«Allora?»

«Sì. Più o meno.»

«Che significa più o meno?»

«Beh, Selvaggia... capisci anche tu che stavolta ci troviamo... come dire? Nella tana del lupo.»

«Ma non è meraviglioso essere qui?»

Mi arma la mano con lo smartphone e si spara una verticale a testa in giù.

«Certo» le dico, guardandole culo e fica. Selvaggia è rossa di capelli ma lì sotto è biondissima. Ed è anche perennemente smutandata.

Smutandata?

«Foto, please.»

Premo il grilletto.

«Un'altra. Sbrigati.»

Eseguo.

Lei ritorna con i piedi per terra. Mi strappa di mano l'arma fumante. Si rimira. Schiocca ancora la lingua.

«Peccato che queste su Instagram non posso metterle. Cazzo di moralisti di emme.»

«Io non lo so se me la sento» le dico.

«*Tu non sai se te la senti?*» Mi pianta addosso quei suoi occhi tanto azzurri da sembrare trasparenti. «Guarda che è un lusso che non possiamo permetterci, arrivati a questo punto. Non qui. Non ora. Tu sei Nanni Moretti. Punto. Per cui zero paranoie, intesi?»

Inspiro.

Espiro.

«Io sono Nanni Moretti», e torno a guardarmi nello specchio.

«Bravo. Così ti voglio. Tu sei Nanni Moretti.»

Mi schiarisco la voce.

«Anche se sulla mia carta d'identità accanto a professione c'è scritto regista» mi lancio, «non faccio il mestiere del regista. Ogni tanto giro un film, ecco tutto. Vedete, ho un rapporto abbastanza personale e delicato con il mio lavoro. Quando sento di poter comunicare qualcosa con un film, comincio a lavorare. E d'altra parte non potrei fare un film dietro l'altro, i miei non sono pacchetti natalizi, sono pezzi di vita. Non sono ossessionato dall'idea di essere presente sempre e dovunque con i miei film, sui giornali, in televisione.»

«Perfetto. Vai avanti.»

«Mah, cos'altro? Quarant'anni fa in questo Paese c'era un'opinione pubblica che reagiva e si scandalizzava, oggi non esiste più. Si digerisce tutto.»

«Bravissimo.»

«Questa è del 2006, ma va sempre bene.»

«Come no. E se qualcuno per strada ti riconosce e ti chiede se sei Nanni Moretti tu che fai?»

«Quello che faccio di solito. Rispondo che no, io *non sono* Nanni Moretti.»

«Ti amo, Nanni Moretti.»

La guardo negli occhi.

«Anch'io, Selvaggia.»

Lei atteggia le labbra a bacio. Faccio per avvicinarmi ma lei alza un braccio e con lo smartphone mi tiene a distanza. Si riselfa.

Si *riselfa*?

Mah.

«Che gli dico domani a quelli, di Alberto Sordi?» le chiedo, mentre lei è alle prese con la stessa procedura di poco fa. Scatto controllo smorfia, scatto controllo smorfia, scatto controllo sorriso. Seguono nell'ordine: ingrandimento schiocco condivisione.

«A quelli gli dici le cose che abbiamo stabilito durante il viaggio. Non avere paura. Andrà tutto bene, vedrai.»

«Ma se...»

«Niente se. Niente ma. Tu sei Nanni Moretti. In quanto Nanni Moretti ti hanno invitato alla Mostra del Cinema di Venezia. Perciò non devi fare altro che essere te stesso.»

«Va bene, d'accordo. Solo che io... io... io... io a dirti la verità... a questo punto... non so più chi sono.»

Lei si alza la gonna, mostrandomi la fica.

«E questa? Lo sai chi è?» mi sorride. Dopodiché aggiunge, mettendomi una mano sulla patta: «Stammi a sentire, tu sei Nanni Moretti. E come Nanni Moretti ti devi comportare. Stop. Se non ci credi fatti un selfie».

Mi rimette in mano lo smartphone. Lo guardo.

«Avanti. Fattelo. Che aspetti?»

Fisso il volto di Nanni Moretti nello schermo. Il volto di Nanni Moretti mi fissa a sua volta. Eseguo.

«Lo vedi?» mi fa lei. «Non ci sono cazzi. Sei proprio Nanni Moretti.»

Quand'ero bambino

Quand'ero bambino non ero Nanni Moretti, penso steso a letto nel buio della nostra suite al Danieli mentre al Gritti la Kidman chissà che combina e accanto a me Selvaggia russa leggermente, forse per via della cena che con la nostra ormai abituale generosità poco fa ci siamo concessi. Come sempre abbiamo spazzolato di gusto le vettovaglie ordinate al servizio in camera, tutte cose che prima di questa storia ci saremmo sognate. Per cominciare le capesante con giardino di burghul e vinaigrette ai lamponi. Poi i tagliolini all'astice con pomodorini disidratati all'anice stellato e babaganoush di melanzane. Quindi la grigliata di branzino, rombo, gamberone gigante e scampo dal mercato di Rialto. Infine i babà al rum con ananas al Calvados e crema chantilly. Il tutto innaffiato con champagne Dom Pérignon Cuvée Prestige Rosé 2000, per un totale di 1200 euro messi ovviamente in conto alla Mostra del Cinema, fanculo. Solo che lei ora dorme beata, come suo solito. E io, come mio solito quando il giorno dopo devo essere Nanni Moretti, il Nanni Moretti di *Caro diario*, il Nanni Moretti che il pubblico si aspetta, non riesco a prendere sonno.

Forse dovrei stordirmi di Lexotan. Ma ormai me ne occorre così tanto per riuscire a addormentarmi che rimango stonato per ventiquattro ore. E domani non posso permettermelo. Domani è il gran giorno. Domani Nanni Moretti torna, dopo anni di assenza, alla Mostra Internazionale d'Arte Cinematografica di Venezia. Per fare che?

Partecipare a un dibattito. Altro che *No, il dibattito no*. E per giunta un dibattito su Alberto Sordi. Non ci devo pensare. Devo pensare a qualcos'altro. Devo pensare chessò, a quand'ero bambino.

Ecco.

Quand'ero bambino...

Uhm.

Quand'ero bambino... non potevo certo immaginare che un giorno sarei diventato Nanni Moretti. E non mi sarei mai sognato di mangiare e dormire gratis in uno dei migliori alberghi di Venezia proprio in quanto Nanni Moretti. Non sapevo neppure che cosa significasse esattamente, fare il regista. Già allora però mi divertivo un mondo a recitare imitando le voci degli altri. Imitare le voci era uno dei miei passatempi preferiti, specie d'estate, quando, finita la scuola, certi pomeriggi in cui stranamente non trovavo nessuno con cui giocare a pallone, me ne stavo in casa a fissare il soffitto bianco della mia stanza, ascoltando le arie d'opera che trasmettevano alla radio tenuta accesa a tutto volume da mia madre e cantandole a mia volta. Poi, la sera, intrattenevo lei e papà imitando le voci di Francesco il barbiere, Vittorio l'operaio, Attilio il falegname. Altre volte, invece, li facevo ridere imitando proprio la voce di Alberto Sordi, il mio attore italiano preferito, oppure quelle di attori americani famosi. O meglio: imitavo quelle dei loro doppiatori italiani. Di volta in volta ripetevo certe battute di Montgomery Clift in *Un posto al sole* o di John Wayne in *Ombre rosse*, e recitavo intere sequenze nel ruolo di Gary Cooper in *Mezzogiorno di fuoco*, il mio film preferito. Quando il figlio di certi vicini di casa morì giovanissimo a causa di un male che allora nessuno osava nominare, io che ne imitavo alla perfezione la voce smisi di farlo. Tempo dopo, una sera, sua madre telefonò alla mia e le chiese di farmi dire ancora una frase, una sola, con la voce di lui. Io non volevo, ma la vicina mi supplicava. Allora le dissi, con la stessa identica voce di suo figlio: *Ti voglio tanto bene, mamma*. Lei scoppiò a piangere. E io decisi che da quel giorno non avrei mai più imitato la voce di nessuno.

Guardo Selvaggia. Ascolto il suo respiro regolare. Ripenso a

com'è iniziata questa storia. Non mi sarei mai immaginato di diventare Nanni Moretti, il regista di *Ecce Bombo*, quando ci siamo conosciuti. Sembra ieri. Anzi no, oggi. Com'è che fa quella poesia di Eliot? Il tempo presente e il tempo passato son forse presenti entrambi nel tempo futuro. E il tempo futuro è contenuto nel tempo passato. Ma se tutto il tempo è eternamente presente, allora tutto il tempo è irredimibile.

Irredimibile, già.

Proprio come noi.

Chiudo gli occhi. Mi pare di vedere un film. O meglio, di rivederlo. A volte, quando non riesco a dormire, ho la sensazione che chiudere gli occhi equivalga a premere il tasto *Rewind*. O sarà che il tempo non esiste e viviamo in un eterno presente, come dice la zia Lina. Che però non fa parte della mia famiglia, ma compare in quel vecchio film di Chabrol. I film. I film e non i libri sono la mia vita, ormai. Anzi, la mia vita è una specie di film. Assurdo, no? Io che invece volevo scrivere. Io che volevo scrivere il Grande Romanzo Italiano. Comunque: se questo fosse un film, ora ci sarebbe uno stacco. Uno stacco, e poi la scritta:

DUE ANNI PRIMA

E, subito sotto:

Quando ancora non ero Nanni Moretti

DUE ANNI PRIMA

Quando ancora non ero Nanni Moretti

Un classico

«Un classico, Bruno. Tu devi scrivere un classico.»

«Un classico, Mordecai? Un classico? Ma se sono cinque anni che sto cercando di scrivere il Grande Romanzo Italiano, che senso ha mollare tutto per mettermi a scrivere un classico? Con frasi tipo *Quel ramo del lago di Como* eccetera eccetera.»

«No, non ci siamo capiti. Dico un classico non nel senso di classico classico, come Manzoni. Dico classico nel senso dello spunto, della trama.»

«Cioè una storia con il protagonista che dà la caccia a una balena? O che per noia uccide uno sconosciuto su una spiaggia?»

«No. Dico uno di quei romanzi in cui l'autore, che nella realtà vera è alle prese con un romanzo che non riesce a scrivere, scrive un romanzo il cui protagonista è un autore che nella realtà romanzesca è alle prese con un romanzo che non riesce a scrivere. Mi segui? Se non riesci a scrivere 'sto Grande Romanzo Italiano, scrivi il romanzo di uno che non riesce a scrivere un romanzo qualsiasi. Semplice, no? Lo fanno tutti, prima o poi. Volendo, te lo puoi pure giocare come divertissement metaletterario, e qualche critica la tiriamo su, vedrai. Certo non finirai in testa alle classifiche dei libri più venduti come Porscia Creso e i suoi thriller culinari con un tocco di sadomaso e una sfumatura alla Coelho. Ma magari ti recensiscono sull'"Indice dei Libri del Mese", che su queste cose sono attenti. Bruno, parliamoci chiaro: tu in fin dei conti sei un autore

di nicchia, altrimenti mica camperesti con le traduzioni. E a quelli dell'"Indice" gli autori di nicchia piacciono, si sa.»

«Uhm...» dico io, dubbioso.

«Senti un po', non sarà che dopo tutti questi anni ti è venuta la paura del foglio bianco?» mi chiede Mordecai a bruciapelo.

«No» rispondo, secco. Poi però argomento: «Sarà piuttosto che dopo tutti questi anni mi sono un po' rotto i coglioni di essere un autore di nicchia. Sai quanto mi ci devo rompere la testa, con le traduzioni? È un lavoro che ti succhia una montagna di tempo e di energia. Mica sono di quelli che scrivono così, belli tranquilli, che tanto hanno alle spalle una famiglia di baroni universitari o industriali o palazzinari. E poi io non voglio scrivere un romanzo che abbia come protagonista uno che non riesce a scrivere un romanzo qualsiasi, io voglio scrivere il Grande Romanzo Italiano».

Lo sento sospirare. Faccio per aggiungere che comunque secondo me oltretutto c'è anche qualcuno che complotta alle mie spalle, ma lui mi precede: «Stammi a sentire, Bruno: tu una volta scrivevi poesie! No, dico: poesie! Sillogi. Plaquettes. Come Antonello Satta Centanin».

«E chi sarebbe?»

«Aldo Nove. Roba che non la leggeva nemmeno il tipografo che te la stampava. Altro che Grande Romanzo Italiano. Sono stato io a incoraggiarti sulla strada della narrativa, no? E a trovarti un editore piccolo ma vero, che non fosse a pagamento. Del resto sono o non sono il tuo agente? Ti fidi o non ti fidi di me?»

«Sul fatto che sei il mio agente non ci sono dubbi: mi hai messo sotto il naso un contratto che avrei dovuto leggere per esteso, anziché firmare fidandomi di te solo perché siamo stati compagni di banco dall'asilo all'università. E con questo direi che ho risposto anche alla domanda sulla fiducia. O vogliamo parlare delle tue percentuali, che soltanto dopo la firma ho scoperto doppie rispetto a quelle di altri tuoi colleghi?»

«Ma se non hai mai venduto più di cinquecento, massimo seicento copie... che ti credi? Che quel che guadagno lo guadagno

grazie alle percentuali sui tuoi libri? Con tutti gli autori della mia scuderia? Ho tre premi Strega, Bruno, lo sai? Tre premi Strega e quattro Campiello. Tre premi Strega, quattro Campiello e due Bancarella. E pure un Nonino. E ben sette, dico sette romanzi poi usciti al cinema, di cui due che hanno ottenuto una o più nomination agli Oscar. Per non parlare degli stranieri, che ho cinque Nobel, otto Pulitzer e due Goncourt. Ma siamo seri, dài. Lo sai o non lo sai che oggi nelle librerie vige il principio della redditività a metro quadro?»

«Della che?»

«Redditività a metro quadro. Ogni metro quadro di libri deve rendere un tot. E quanto vuoi che rendano i tuoi? Perché mai un libraio dovrebbe sacrificare chessò, un titolo di Roberto Saviano per esporne uno dei tuoi? A te ormai ti rappresento per pura amicizia. Mi spiace dirtelo ma è così.»

Per qualche secondo taccio. Ma c'è più di una cosa che non mi va giù.

«A parte il fatto che l'editore che mi hai trovato si chiama Almacero, che non suona esattamente come Adelphi, dodici anni fa ho venduto quasi mille copie di *Cestelli di rabbia*, per la precisione settecentottantadue.»

«Le hai vendute perché la gente pensava fosse un libro di Baricco. O una parodia.»

«Macché parodia. Era un omaggio. E tu lo sai. E piantiamola con 'sto discorso che il valore di un autore è dato dai premi. Per carità, non discuto certo i Nobel e i Pulitzer, e tantomeno i Goncourt, ma se al contrario parliamo dei tuoi Stre...»

«Scusa Bruno, ma questa lagna l'ho già sentita troppe volte. Siete tutti uguali, voi autori di nicchia: non vendete un tubo e pensate di essere dei geni incompresi, dei van Gogh della letteratura. E oltre a sentirvi immensamente bravi e altrettanto sottovalutati siete anche convinti che ci sia un qualche complotto, qualcuno che trama alle vostre spalle, non è vero?»

«Beh, guarda, se proprio ci tieni a saperlo, da parte mia l'ho

sempre pensato. E già che ci siamo volevo giusto parlartene, perché a ques...»

«No, grazie. Ora perdonami ma ho davvero tanto tanto tanto tanto tanto tanto da fare. Qui a Milano siamo già tutti in pista proprio per lo Strega del prossimo anno, anche se poi come sempre si sa già chi lo vincerà.»

«Ma io...»

«Restiamo così: se e quando avrai qualcosa di più corposo da farmi leggere, o anche solo uno straccio d'idea decente, mi richiami, va bene?»

«Ma io...»

«Ciao, Bruno.»

«Ma io...»

Sento un *click*.

Poi sento un *tut-tut-tut*.

Ha riattaccato.

Per fortuna c'è Selvaggia

Per fortuna c'è Selvaggia. Selvaggia un lavoro serio se l'è trovato. Selvaggia fa la pole dancer al Black Diamond. È lì che ci siamo rivisti, dopo che ci eravamo incrociati alla Holden, dove si era spinta per seguire un corso tenuto dal regista Marco Ponti nella speranza di farsi notare da questi e ottenere una parte in uno dei suoi film. Selvaggia al di là delle apparenze è come me. Nel senso: io vorrei diventare uno scrittore come Baricco e invece campo di traduzioni. Lei avrebbe voluto fare l'attrice, almeno in un primo momento, perché poi ha fatto inutilmente corsi di ukulele, tip-tap, hula hoop, didgeridoo, meditazione trascendentale, danze tribali, cucina vegana, giocoleria, e anche se al momento si è buttata sulla fotografia si guadagna da vivere come pole dancer. La differenza sta nel fatto che facendo traduzioni si viene pagati pochissimo, mentre facendo la pole dance grazie alle mance si guadagna un botto. Tra un corso e l'altro Selvaggia di me ha letto tutto. Anche gli inediti, che poi sono il corpus principale della mia opera, visto e considerato che facendoli rilegare a mie spese ci ho riempito la libreria del soggiorno, mentre i libri che sono riuscito a pubblicare finora sono appena tre: innanzitutto *Cestelli di rabbia,* che è una specie di metaromanzo ma anche un reportage poetico su quel non-luogo per definizione che è il centro commerciale, vero e proprio tempio di questa nostra epoca consacrata al dio denaro ma allo stesso tempo sorta di paradiso del kitsch, poi *Ottocento,* una pièce teatra-

le che ha come protagonista un violoncellista che non scende mai dal pallone aerostatico su cui viaggia in giro per il mondo, e infine *Rayon*, la storia di un gruppo di contrabbandieri di calze di seta che durante un viaggio in Ungheria viene attaccato da una masnada di bachi giganteschi mutati geneticamente in seguito alle radiazioni provenienti da Fukushima. Selvaggia delle mie opere conserva anche le varie stesure. Dice che un giorno serviranno ai filosofi. In realtà vuol dire filologi, ma non importa. Selvaggia, che per me ha una specie di venerazione, sarà che ero il solo alla Holden a non pigliarla per il culo a causa di quelle che lei definisce *certe sue lagune*, è in realtà il mio completamento ideale. Lo Yin dello Yang. Tanto sono cerebrale io, tanto è fisica lei. Perché se è vero che malgrado gli anni e i soldi spesi in corsi di recitazione e musica lei non potrebbe mai diventare attrice o suonare, perché nonostante le ambizioni che segretamente la divorano è totalmente negata per qualsiasi forma d'arte esclusa la pole dance, altrettanto vero è che io non potrei mai fare la pole dance.

Oggi Selvaggia ha il suo giorno di riposo, che poi per lei in realtà si tratta del giorno che segue la notte di riposo, visto che entra al Black Diamond alle otto di sera e ne esce alle sette di mattina. In ogni caso, il giorno che segue la notte di riposo, anziché dormire come fa di solito, si dedica alla nuova passione, ovvero ai selfie. Dapprima ha seguito una serie di corsi di selfie o Selfie Tutorial su YouTube, imparando ad atteggiare le labbra come si deve, ad avere un'aria più sexy o interessante a seconda della luce e delle posizioni e a immortalarsi il culo grazie a un apposito Ass Selfie Tutorial. Poi per puro caso ha scoperto Cindy Sherman e dopo le delusioni patite sul fronte della recitazione e su quello della musica ha deciso di buttarsi sulla fotografia e di diventare la Cindy Sherman italiana. Che a ben vedere è una contraddizione grossa come una casa, visto che Cindy Sherman nei suoi scatti si trasforma fino a diventare irriconoscibile, mentre Selvaggia è fondamentalmente una narcisista esibizionista pronta a tutto per un *mi piace* in più su Facebook o un follower su Instagram, ma non importa.

E quando si mette all'opera, io lascio perdere le mie traduzioni e il Grande Romanzo Italiano e mi dedico a lei. Mi piace guardare Selvaggia, sia quando mezza nuda si fa un selfie, sia mentre prepara i suoi elaborati autoritratti nello stile di Cindy Sherman, nei quali proprio come Cindy Sherman interpreta ogni volta una donna diversa. Certi suoi progetti alla Cindy Sherman sono almeno in apparenza semplicissimi. Per esempio la serie che ha intitolato *Donne col Burka*, trenta autoscatti in cui si è fotografata con addosso trenta burka neri apparentemente identici dopo essersi vestita e truccata come trenta donne di religione islamica che sotto i loro burka se ne vanno in giro per l'appunto vestite e truccate come si vestono e si truccano le donne di religione islamica, anche se in un caso sotto il burka indossava solo un completino di lingerie Agent Provocateur con tanto di nappine copri-capezzoli e nel culo un set di sfere anali. Oppure il ciclo *Donne Appena Sveglie*, altri trenta autoscatti in cui si è fotografata dopo essersi conciata come una donna appena sveglia, cosa che le ha richiesto un bel po' di tempo tra scelta delle mise e trucco, un trucco che naturalmente doveva farla sembrare struccata, anche se secondo me avrebbe potuto benissimo fotografarsi senza tutta quella messa in scena quando davvero era appena sveglia, cosa che le ho suggerito pur consapevole che la via più logica non rientrava nel metodo di lavoro di Cindy Sherman. Lei infatti mi ha ribadito che nella fotografia di Cindy Sherman la messa in scena è tutto, perciò non ha preso minimamente in considerazione il mio suggerimento e dopo aver passato sette mesi e mezzo impiegando il suo giorno libero settimanale a truccarsi e vestirsi come una donna di religione islamica per poi indossare tutti quei burka e fotografarsi, per altri sette mesi e mezzo ha impiegato il suo giorno libero settimanale per conciarsi e truccarsi in modo da sembrare una donna appena sveglia. Altri suoi progetti invece sono più complessi, tipo la serie a cui sta lavorando ora, che ha intitolato *Donne Molto Arrabbiate*. Dove la complessità non deriva tanto da questioni di mise o di trucco, ma dalla necessità di ricreare un ambiente credibile e di volta in volta

diverso. Per venire a capo di questi altri trenta autoritratti, iniziati due mesi fa e destinati dunque a durare altri cinque mesi e mezzo, Selvaggia ha già dovuto sfasciare tutta una serie di cose, tra cui il servizio di bicchieri con i personaggi dei Looney Tunes che avevamo messo assieme grazie alla comune passione per la Nutella, un separé comprato al Balon per poche decine di euro che però a me piaceva molto, svariati vasi in ceramica acquistati all'Ikea. Un altro, al posto mio, forse si sarebbe incazzato. Tuttavia, trovandomi nella sua stessa identica situazione, capisco bene quanto sia importante per lei dopo le delusioni patite con la scrittura, il teatro e la musica coltivare il sogno di diventare una fotografa alla Cindy Sherman, parallelo al mio di diventare uno scrittore alla Baricco. O anche meglio di Baricco, malgrado non mi faccia illusioni, perché obiettivamente meglio di Baricco è quasi impossibile. Non è che siamo tutti geniali come quel Wonder Boy di Gianluigi Ricuperati, l'altro mio Mito Vivente, Autore, Produttore Culturale, Collaboratore di Riviste, Direttore di una Scuola, ma soprattutto massimo profeta della Crossdisciplinarietà, uno capace chessò, di scrivere articoli crossdisciplinari va da sé geniali in cui sostiene che "i libri fisici sono già pensati come oggetti di realtà aumentata, come dei Pokémon Go reali, da fotografare su paesaggi piatti condivisi sui social network, ci sono persone che mettono i libri accanto alla colazione, oppure su sfondi naturali, come talismani", infatti lui lo fa su Facebook, e sempre genialmente ritiene che sia necessario "usare il pensiero laterale per attivare processi di attribuzione di valore, anche attraverso i brand – anche i più inaspettati – che oggi costituiscono il deposito di 'storytelling' più ampio e circostanziato e denso nel mondo contemporaneo". Senza contare che Ricuperati è uno che adopera crossdisciplinarmente parole come *cool* e quando usa sostantivi tedeschi li scrive con l'iniziale minuscola, tipo *wunderkammer* o *übermensch* o *zeitgeist*, ovviamente per il gusto della provocazione intellettuale. Che grande. E il suo intervento dell'altro ieri sul "Corriere della Sera" sull'ipotesi che l'Inghilterra esca dall'Europa? Magistrale, assolutamente magistrale. Dato che non

riuscivo a capirlo, me lo sono imparato a memoria: "L'obiettivo di ciascun interdipendente europeo sarà di produrre felicità nel prossimo, superando il nervosismo ancestrale e il desiderio maschile di strappare e bruciare. Le donne e le creature sessualmente non definite avranno un ruolo cruciale. L'educazione pubblica di massa sarà il nodo strategico per la ridistribuzione di serenità sociale, al centro di un paesaggio europeo interdipendente. Nell'Europa post Brexit, l'Europa diventerà l'unica rivale dell'America nel campo della ricerca. *C'è troppo da scoprire. La vita umana oggi è più di valore che mai nella cronologia delle specie. La nuova Europa interdipendente diventerà la scuola della razza umana, e la sua happy hour*". Fantastico no?

Ad ogni modo: oggi, per il nuovo autoritratto della serie *Donne Molto Arrabbiate,* Selvaggia si è messa in testa di creare uno scenario particolare. Si tratta infatti della *Donna Molto Arrabbiata Numero Nove,* che è molto arrabbiata perché le è scoppiata la bombola del gas.

«Scusa se mi intrometto, Selvaggia» le dico distogliendo gli occhi venati di sangue dal computer e dunque dalla traduzione dell'incomprensibile nuovo romanzo di Bruce Sterling, l'oscuro profeta della letteratura cyberpunk, «ma com'è che intendi ricreare lo scenario di oggi?»

Ho deciso di indagare anche perché da circa un quarto d'ora è lì che armeggia con la bombola del gas, facendosi dei selfie che la ritraggono mentre la studia adottando pose incontrovertibilmente sexy, così da stuzzicare la fantasia di coloro che tra i suoi follower hanno fantasie sessuali che includono anche una bombola del gas.

«Beh, caro, lo sai anche tu che gli scenari delle foto di Cindy Sherman sono così realistici da sembrare più veri del vero.»

«Ma Selvaggia» cerco di farla ragionare, «come pretendi di realizzare un set realistico a partire dall'idea che la tua Donna Molto Arrabbiata Numero Nove è molto arrabbiata perché le è scoppiata la bombola del gas?»

«È quello che sto cercando di capire» mi fa lei, mettendosi a cavalcioni della bombola per poi atteggiare le labbra a bacio e spararsi un nuovo selfie.

«Non potresti pensare chessò, a una Donna Molto Arrabbiata perché si è inavvertitamente macchiata la camicetta di ketchup?»

«Figata! Offre spunti sia per mostrare il solco tra le tette sia per avanzare una critica al femminile dell'immaginario McDonald's, no? Ma il discorso che voglio portare avanti con la Numero Nove è un altro, cioè il rovesciamento di *Desperate Housewives*, mi segui?»

Sempre inquadrandosi con l'obiettivo dello smartphone comincia a trafficare con la valvola di sicurezza.

«Ascolta, Selvaggia, a parte il fatto che siamo in affitto, col gas non si scherza. Li leggi mai i giornali? In giro è pieno di appartamenti che esplodono, talvolta facendo crollare l'intero palazzo.»

Lei si spara un selfie nell'atto di leccare la valvola. Poi, controllando lo scatto, mi fa: «Beh, ma se siamo in affitto vuol dire che non è casa nostra, giusto?».

«E se invece che per via dell'incidente con il gas la tua Numero Nove fosse una Donna Molto Arrabbiata perché la lavatrice ha allagato il pavimento?» butto lì.

Ci pensa.

«Figata! Così potrei mostrare le mutandine mentre messa carponi asciugo il pavimento. E tutto sommato è perfino più... non lo so... più riprovevole.»

«Riprovevole?»

«Sì, nel senso che è la riprova del fatto che malgrado tutto, e cioè nonostante il femminismo e le quote rosa e Hillary Clinton, la Donna del Terzo Millennio ha ancora svariati motivi per essere Molto Arrabbiata, a cominciare da ciò che accade quotidianamente entro le mura domestiche, e non sto parlando di violenze da parte degli uomini: a quelle dedicherò il mio prossimo ciclo.»

Si prepara a una verticale, come sempre quando è in *mood riflessivo*, come dice lei, e mi porge lo smartphone.

«Vuoi che...»

«Sì, fammi una foto.»

La inquadro. Premo l'apposita icona.

«Fatto.»

«L'esplosione di una bombola del gas, ora che mi ci fai riflettere» mi dice, «è un evento più raro, infatti come dici tu finisce sui giornali. Ma quante lavatrici allagano i pavimenti delle donne italiane, e senza fare notizia, ogni giorno? E quante di loro di conseguenza si arrabbiano?»

Rimette i piedi per terra.

«Tantissime» le dico sollevato, mentre lei si riappropria della sua protesi tecnologica e verifica se il mio scatto è di suo gradimento.

La mia giornata standard

La mia giornata standard, col fatto che Selvaggia di giorno dorme perché di notte lavora, è davvero molto standard. La mattina mi sveglio intorno alle sette, quando lei torna e si corica. Mi preparo la colazione e la faccio leggendo i giornali sul computer. Poi mi lavo, mi vesto con tanto di giacca e cravatta come ho letto che fa Camilleri, e attacco a tradurre cercando di non farmi distrarre da quanto offre il Web se per caso devo collegarmi per fare qualche ricerca e mi viene la tentazione di dare un'occhiata non tanto a YouPorn, ma a quello che può aver scritto su Twitter o postato su Facebook il mio intellettuale crossdisciplinare di riferimento, ovvero l'über-cool – con la "ü" volutamente minuscola come piace a lui – l'iper-colto Gianluigi Ricuperati. Se Ricuperati non ha scritto o postato niente di crossdisciplinare e dunque non mi perdo in riflessioni per cercare di capire che cosa voglia comunicarci esattamente con le sue immagini e parole, riesco a tirare dritto fino all'una. Dopodiché esco per sgranchirmi le gambe e vado a mangiarmi una pizza al taglio o un toast. Dopo pranzo, torno a casa e riprendo a tradurre. Perché tutto ciò abbia un senso, col poco che pagano, devo smazzarmi almeno dodici pagine al giorno, e a volte è davvero un'impresa paragonabile alla scalata del K2, specie se Ricuperati ha partorito qualcosa di crossdisciplinare e mi inoltro nell'affascinante e cinetico labirinto delle sue provocazioni intellettuali. Per tacere delle difficoltà che posso incontrare nella tradu-

zione del testo a cui sto lavorando. In questo periodo per esempio mi è stato assegnato l'ultimo romanzo di Bruce Sterling, il mitico profeta della letteratura cyberpunk, e a dirla tutta non ci capisco un cazzo. Comunque: Selvaggia si sveglia intorno alle cinque e dopo un caffè al volo e una serie di selfie scattati rigorosamente in bagno scende nella palestra sotto casa, per allenarsi al palo. Per le sette di sera, ovvero quando lei rincasa già docciata, mi prendo una pausa e spesso usciamo per cenare in uno dei locali dove lei in passato ha fatto la cameriera e dove dunque ci fanno sempre lo sconto: ovvero al Pastis in piazza Emanuele Filiberto, alla Lutèce in piazza Carlina o alla Drogheria in piazza Vittorio. Dopodiché, la lascio al Black Diamond in via Principe Amedeo e torno a casa, dove mi rimetto al computer. Non per tradurre, ma per scrivere il mio romanzo. Il Grande Romanzo Italiano.

Un romanzo per certi versi molto baricchiano, il cui protagonista, Lupo Manara, è un tenore che avendo perso il lavoro in teatro canta arie celebri per strada, tirando a campare grazie alle offerte a cappello dei passanti. Un giorno però viene rapinato da due camorristi che indossano magliette con su stampate le facce di cantanti neomelodici, realizzate da bambine cinesi schiavizzate in laboratori clandestini, perché vorrei metterci un tocco alla Saviano. Poi un suo ex compagno di scuola, che nel frattempo è diventato il portaborse di una potentissima Onorevole di cui non ho ancora trovato il nome, lo vede e gli propone di cantare per il compleanno di lei. Questo sviluppo mi pare necessario per dare alla storia quel non so che di parlamentare barra giudiziario alla Carofiglio. Quindi lui canta a questo compleanno, e lei allora gli propone di diventare il nuovo tenore del Teatro Regio, nonché il direttore del medesimo. A lui non sembra vero, visto che la cosa risolverebbe di colpo tutti i suoi problemi. Ma c'è un ma: viene infatti fuori che l'Onorevole pretende che lui inserisca nel coro suo figlio, stonatissimo. Questo perché desidero che la storia abbia un taglio civile, alla Maggiani. O alla Paolini. Anche se per farla alla Paolini dovrei metterci un disastro naturale o una strage di stato, che al momen-

to non vengono. Il tutto, va da sé, farcito da citazioni iper-colte e improntate alla crossdisciplinarietà com'è nello stile di Ricuperati e riferite all'ossessione di quest'ultimo, il denaro.

Per adesso in realtà non sono ancora riuscito a scrivere granché. Sono circa quattro anni che sto lavorando alla scaletta provvisoria, che più o meno per ora dovrebbe essere questa:

IN CERCA DI LAVORO
CANTA PER STRADA
LA RAPINA
IN TAXI ALL'OSPEDALE
A CASA
IN STAMPELLE PER STRADA A CANTARE
IL PORTABORSE
A CENA DA EATALY
CANTA AL COMPLEANNO DELL'ONOREVOLE
IL PORTABORSE: SEI PIACIUTO
TELEFONATA DELL'ONOREVOLE
ENTUSIASMO INIZIALE
L'ONOREVOLE: VOGLIO MIO FIGLIO NEL CORO

Per quanto riguarda il finale, so già che Lupo Manara deve rifiutarsi categoricamente di ammettere nel coro il figlio stonatissimo dell'Onorevole. Ciò gli costerà il posto di tenore e direttore artistico del Teatro Regio, cosa che agli occhi dei lettori disgustati dall'attuale classe politica renderà la figura del protagonista senz'altro positiva. Solo che poi ci vorrebbe un finale allo stesso tempo emblematico e pieno di speranza, in modo da poter concorrere allo Strega e far scattare il cosiddetto passaparola. A questo scopo ci vorrebbe anche un sub-plot con una storia d'amore. Forse con una bellissima diversamente abile. E magari un'adozione o una fecondazione artificiale con affitto dell'utero. E infine, tra i personaggi minori, almeno un paio di matrimoni LGBT e alcuni migranti. Più un male incurabile. E un commissario. Ma come metterci tutta 'sta roba, te-

nendo conto che mancano ancora il disastro naturale e/o la strage di stato? Oltretutto avendo come faro il principio della redditività a metro quadro. Francamente, non ne ho la più pallida idea.

La mia giornata standard si chiude così intorno alle due di notte, quando mi addormento sul computer acceso senza aver cavato il noto ragno dal celebre buco. E certe notti, specie se a cena ho mangiato pesante, nei miei incubi si materializza l'uscita del nuovo libro di Giuseppe Culicchia.

Quando arrivo alla Focacceria Lagrange

Quando arrivo alla Focacceria Lagrange di via Lagrange dopo una mattinata allucinante in compagnia di Bruce Sterling, o meglio delle incomprensibili pagine di Bruce Sterling, l'osannato profeta della letteratura cyberpunk, a cui per fortuna non si è aggiunto alcun tweet o post crossdisciplinare del mio idolo Gianluigi Ricuperati, che oggi forse è in volo per Londra o per New York come gli capita spesso o magari è in Grecia dove ospita gratuitamente nella casa che usa per le sue vacanze menti meritevoli preferibilmente femminili e under trentacinque, almeno così ho arguito giorni fa da uno dei suoi post su Facebook, ho già l'acquolina in bocca. E malgrado il posto sia pulito, illuminato bene, non lo vedo subito: il profumo di pizze e focacce appena sfornate come sempre m'inebria, e le teglie dietro le vetrine hanno su di me un effetto ipnotizzante. Tuttavia è lui a vedere me, e a salutarmi per primo.

«Bruno, ciao! Come stai?»

Mi volto.

Giuseppe Culicchia.

Cazzo.

Cazzo se è invecchiato rispetto a quando lavorava in libreria.

Lo scrittore – scrittore? – più sopravvalutato di tutti i tempi.

E cos'ha in casa? Una mucca che tutte le mattine gli lecca i capelli pettinandoglieli all'indietro?

Mi riprendo.

«Giuseppe! Che piacere! Io bene, e tu?»

Purtroppo a Torino ci si conosce tutti. Gli stringo la mano. Poi mi toccherà lavarmela.

«Io al momento sto scrivendo. E quando scrivo, posso dire bene anch'io.»

Pezzo.

Di.

Merda.

«Mi fa piacere. Vuol dire che leggerò. E dimmi, quando esce?»

«Ah, questo non lo so. Sai, ho appena iniziato. E tu? Stai scrivendo qualcosa di nuovo o stai traducendo?»

«Oh yeah. Bruce Sterling.»

«Ma va'? Il profeta della letteratura cyberpunk?»

«Lui.»

«E com'è?»

«Figo. Cioè, cool. Molto molto cool. Davvero. È uno di quelli che quando li leggi... beh, sai, ti aprono nuovi mondi. Tipo... beh, tipo il guru del crossdisciplinare, Gianluigi Ricuperati.»

«Sì, eh?»

«Assolutamente.»

«Pensa che io non ho mai letto né uno né l'altro.»

«Beh, dovresti.»

«È il problema di quando scrivi. Non ti resta il tempo per leggere tutto quello che vorresti.»

Ma.

Vai.

A.

Fare.

In.

Culo.

Va'.

«Non sapevo venissi qui anche tu» gli dico, indicandogli le teglie fumanti dietro le vetrinette.

«Beh, per me è la focacceria numero uno.»

«Concordo.»

Ma col cazzo che ci torno, ora che so che ci vieni pure tu. Mi va giusto bene che Salvatore, il proprietario, ne ha aperte altre due in piazza Castello e in via Sant'Agostino. Vuol dire che andrò in quelle.

Giuseppe Culicchia prende la sua porzione di focaccia dalle mani della ragazza dietro il banco. Mi sorride. Mi sforzo di sorridergli a mia volta, ma temo mi venga fuori un rictus.

«Mi ha fatto piacere rivederti, Bruno. Buona traduzione!» mi fa.

«Grazie, Giuseppe! E tu dacci dentro, mi raccomando! Non vedo l'ora di leggerti!»

Seeee.

Manco morto.

Giuseppe Culicchia

Giuseppe Culicchia. Dio santo quanto mi sta sul cazzo Giuseppe Culicchia. Lo so, lo so. Ci sono altri che vendono più di lui. Molto più di lui. E non solo la Porscia Creso con i suoi thriller culinari con un tocco di eros e una sfumatura alla Coelho. Alessandro Baricco, innanzitutto. E poi i vari Saviano, Volo, D'Avenia. Lo stesso Ammaniti. Ma anche De Silva, Piccolo. Per tacere naturalmente di Gramellini. E poi di Camilleri e Malvaldi. Della Gamberale e della Bignardi. Tutta gente che al metro quadro oggi come oggi rende più di lui. Che però vende inspiegabilmente più dell'enfant-prodige della crossdisciplinarietà Ricuperati. Roba da matti. Per fortuna non ha mai vinto il Premio Strega, e nemmeno il Campiello, il Bancarella o il Nonino. Gli hanno dato giusto il Montblanc, che oggi non a caso non esiste più, e il Grinzane Cavour Autore Esordiente, entrambi più o meno nel Pleistocene. Ma come fa anche solo a *pubblicare*, uno come Giuseppe Culicchia?

Ricordo quando è uscito il suo primo romanzo, *Tutti giù per terra*. Lavorava ancora in quella libreria con edicola in via Roma angolo via Bertola, dove oggi c'è l'Apple Store. Ogni tanto passavo da quelle parti solo per scrutarlo. Per vedere da vicino che faccia avesse uno che aveva pubblicato un romanzo di successo. Lo guardavo dalle vetrine. Lo studiavo a lungo. Lui se ne stava alla cassa o andava su e giù per i corridoi o sistemava pile di libri sui banchi dopo averli tirati fuori dagli scatoloni, oppure li rimetteva

negli scatoloni dopo averli tolti dai banchi, o ancora consigliava qualche titolo a un cliente. E che faccia aveva? Una faccia da Giuseppe Culicchia. Cioè di uno che inopinatamente, a ventotto anni, senza una biblioteca di famiglia, senza un padre barone universitario, senza una madre nel consiglio di amministrazione della Rai, prende e scrive una schifezza che non si sa come diventa un bestseller. Io all'epoca mi rompevo già la testa per scrivere il Grande Romanzo Italiano. E lui, con la sua storiellina autobiografica, finiva non solo in copertina sull'"Indice dei Libri del Mese", ma pure in classifica, vendendo decine, centinaia di migliaia di copie. Oltretutto nell'anno di *Va' dove ti porta il cuore* della Tamaro e di *Jack Frusciante è uscito dal gruppo* di Brizzi. Ma, al contrario di questi, senza nemmeno andare al "Maurizio Costanzo Show". E, come se non bastasse, ecco che tre anni dopo dal suo libricino viene tratto perfino un film. Non a caso poi lui s'è licenziato dalla libreria e si è messo a fare *lo scrittore*. Insomma: la certificazione della decadenza della società letteraria italiana. Anzi: della società occidentale. Di più: del genere umano. Senza togliere nulla ad Auschwitz, la prova lampante e inconfutabile che Dio non esiste.

Ma perché ce l'ho con Giuseppe Culicchia, visto che Giuseppe Culicchia non mi ha fatto niente? Ce l'ho con Giuseppe Culicchia semplicemente perché Giuseppe Culicchia è Giuseppe Culicchia. Nel senso. Se uno riesce a pubblicare perché è figlio di papà e ha delle entrature, oppure già scrive su un quotidiano o lavora in televisione eccetera e ha successo, beh, è naturale, è nell'ordine delle cose, voglio dire: ci sta. Per quanto mi riguarda, posso sempre pensare che se io faccio fatica a pubblicare, e quelle poche volte che ci riesco vendo appena settecento copie o poco più, è perché non sono figlio di papà e non ho delle entrature e non scrivo su un quotidiano e non lavoro in televisione. Ma se uno che non è figlio di papà e non ha delle entrature e non scrive su un quotidiano e non lavora in televisione non solo riesce a pubblicare ma ha pure successo, allora è la dimostrazione vivente che non è che bisogna per forza essere figli di papà e avere delle entrature o scrivere su

un quotidiano o lavorare in televisione per riuscire a pubblicare e avere pure successo. E questo rende il mio fallimento, perché allo stato delle cose di fallimento si tratta, intollerabile.

Per dire: mi sono iscritto ad aNobii e a IBS e a blog e riviste online tipo "Lipperatura" o "Nazione Indiana" o "Il primo amore", solo ed esclusivamente per stroncare e dileggiare i libri di Giuseppe Culicchia. Uno, *Venere in metrò*, su aNobii l'ho stroncato e dileggiato il giorno stesso dell'uscita, alle dieci di mattina, in modo da far pensare che mi fossi procurato il romanzo alle nove e nel giro di un'ora l'avessi già letto. La stroncatura, così dileggiatoria e violenta da rasentare l'insulto, l'ho intitolata *Cagatona galattica*. E al libro ho dato il voto più basso possibile, una stella. Eh eh eh. Chissà lui quanto si sarà incazzato. Ciò nonostante, poi ha recuperato, e l'ultima volta che sono andato a controllare aveva di media tre stelle e mezzo. Che mondo infame.

Per fortuna è da un po' che Giuseppe Culicchia non pubblica un vero bestseller. L'ultimo è stato *Torino è casa mia*. Casa *sua*. Casa *sua* i miei coglioni. A un certo punto ho visto che nelle librerie lo vendevano con la fascetta che diceva 100.000 COPIE. Roba da non credere. Grazie a dio dopo che ha pubblicato *Brucia la città* l'hanno segato dal Salone del Libro e al suo posto hanno messo Boosta. Il giorno più bello della mia vita. Pura, purissima *Schadenfreude*. O, come scriverebbe quel fine conoscitore della realtà aumentata e Magister Massimo della crossdisciplinarietà Gianluigi Ricuperati, *schadenfreude*. E ti credo che l'hanno segato. In quel romanzo tutto orge e cocaina il sindaco si chiamava Minfischio e gli assessori Mintasco, Mincenso e Marrangio. Non si fa. Per tacere che in certe pagine oltretutto si autocitava pure. Cosa che peraltro ha ripetuto anche negli ultimi libri. Ma chi cazzo si crede di essere? Hitchcock? Macché. È solo Giuseppe Culicchia. Già con quel cognome si sarebbe dovuto almeno scegliere un *nom de plume*. Poi però al Salone se lo sono ripreso. Una mossa incomprensibile. E pare addirittura che dal prossimo anno il futuro direttore della manifestazione sarà lui. Roba da matti. Ma come si fa? Oltretutto quando in giro

c'è un talento puro come il crossdisciplinare Gianluigi Ricuperati. A questo punto sarebbe meglio fare un altro Salone a Milano. Mah.

Comunque basta pensare a Giuseppe Culicchia.

Non devo più permettere che la mia mente perda tempo con Giuseppe Culicchia.

Chissenesbatte di Giuseppe Culicchia.

Anzi, sai che c'è, Giuseppe Culicchia?

Vaffanculo, Giuseppe Culicchia.

Ma chi sei, Giuseppe Culicchia?

Giuseppe Culicchia chi?

Non devo sprecare a questo modo le mie energie.

Selvaggia me lo dice sempre.

Piuttosto, devo scrivere il Grande Romanzo Italiano.

Un romanzo che surclassi quelli di Giuseppe Culicchia.

Non ci vuole poi molto.

Il foglio bianco

Il foglio bianco.
Eccolo qua.
Tu hai paura del foglio bianco, dice Mordecai.
No, Mordecai caro.
Io non ho paura del foglio bianco.
Il foglio bianco non mi fa paura.
Il foglio bianco sta dentro il computer.
Io sto fuori.
È il foglio bianco che deve aver paura di me.
Mi basta premere un bottone e ciao ciao foglio bianco.
Non ci sei più.
Il foglio bianco per me non è un'ossessione.
Non me ne frega niente a me del foglio bianco.
So perfettamente che a molti il foglio bianco fa paura.
A me il foglio bianco non fa paura.
Io al foglio bianco ci sputo sopra.
Vattene via, foglio bianco.
Tornatene al tuo paese, foglio bianco.
Qui non ti vogliamo, foglio bianco.
Vai a rompere i coglioni a qualcun altro, foglio bianco.
Sei un parassita, foglio bianco.
Non hai voglia di lavorare, foglio bianco.
Perciò levati dalle palle, foglio bianco.

Tu non ti fai scrivere, foglio bianco?
E che cosa credi, foglio bianco?
Guarda che ci rimetti tu per primo, foglio bianco, se non ti fai scrivere.
Perché così facendo non ti legge nessuno, foglio bianco.
Perché così facendo resti solo un foglio bianco.
E sai quanti ce ne sono, uguali a te?
Milioni.
Anzi no, miliardi.
Miliardi di fogli bianchi.
E nessuno che si accorga di loro, finché non si fanno scrivere.
Allora, foglio bianco.
Ti fai scrivere?
No?
Neanche oggi?
Sai che ti dico, foglio bianco?
Vai a cagare, foglio bianco.
Mi hai sentito?
Vai a cagare.

In palestra

In palestra, dove vado ogni tanto per fare un po' di tapis roulant o di cyclette visto che per il resto del tempo me ne sto sempre seduto a tradurre quel genio incompreso, almeno da me, di Bruce Sterling, l'acclamato profeta della letteratura cyberpunk, oppure a perdermi dietro le geniali intuizioni crossdisciplinari di Gianluigi Ricuperati, e nei ritagli di tempo a scrivere o almeno a tentare di scrivere il Grande Romanzo Italiano, m'imbatto in Cristiana.

Cristiana è una ragazzina di diciassette anni. Cristiana fa atletica da qualche parte. Cristiana ogni tanto viene ad allenarsi qui. Cristiana quando viene ad allenarsi qui e salta e corre regala a tutti i maschi presenti la visione meravigliosa delle sue tette che sotto la maglietta fanno su e giù, su e giù, su e giù. Cristiana porta i capelli raccolti in una coda di cavallo, come peraltro la totalità delle femmine che bazzicano la palestra, a meno che non li portino corti. Solo che i capelli di Cristiana sono lunghissimi, liscissimi, colore del miele di castagne, e di quello stesso colore, o al limite un filo più scuri, devono essere i suoi peli pubici. Che però non ho mai visto, purtroppo. E nemmeno annusato. O sfiorato. Neppure con la lingua. Mmmhhh. Quanto mi è sempre piaciuto indovinare la tonalità esatta della tavola Pantone della figa. Selvaggia per esempio mi ha fregato. Credevo fosse rossa anche di sotto. Ma non pensiamo a Selvaggia. Non è né il momento né il luogo.

«Ciao Cristiana!» saluto la diciassettenne, cercando di emettere una voce giovane, squillante.

Lei mi ignora di brutto e va al quadro svedese. Lì dov'è appeso tale Claudio. Claudio, calciatore di Serie C che comunque rimane pur sempre un calciatore. Claudio e il suo fisico perfetto. Claudio e i suoi capelli neri tenuti indietro col cerchietto. Claudio e i suoi tatuaggi tribali. Claudio e le sue gambe depilate. Claudio e i suoi venticinque anni. Claudio, che Cristiana saluta con la manina facendo le fusa per poi attaccare subito a chiacchierare con lui. Claudio, che di Cristiana forse ha già visto i peli pubici. E che forse li ha già annusati. E sfiorati. Anche con la lingua. Vai a fare in culo, Claudio.

Mi dirigo verso la cyclette. Poi cambio idea e scelgo il tapis roulant. Attacco a pedalare guardando nello specchio Cristiana e Claudio che tubano alle mie spalle. Staranno parlando di atletica. O di calcio. Non sanno un cazzo, loro, di Bruce Sterling, il famigerato profeta della letteratura cyberpunk. Non si sono mai persi dietro le labirintiche suggestioni e le oscure citazioni crossdisciplinari di Gianluigi Ricuperati. E non hanno idea del fatto che io, io, io, proprio io, sto per scrivere il Grande Romanzo Italiano. Ma perché 'sta smorfiosetta non mi ha salutato? Mi guardo allo specchio mentre pedalo, già madido di sudore. E, improvvisamente, vedo.

Vedo i miei capelli sale e pepe. Vedo le mie occhiaie scure. Vedo le mie rughe, intorno alla bocca e sulla fronte. Vedo la mia pancetta, che per quanti sforzi faccia per tenerla indietro tende comunque la T-shirt: infortunio sul lavoro inevitabile per uno che alla mia età passa la maggior parte del proprio tempo davanti a un computer, a parte naturalmente Andrea De Carlo. Vedo che se Cristiana non mi ha salutato è solo perché io per lei non esisto, se non nel reparto geriatria del mondo. Vedo che in effetti tecnicamente potrei essere suo nonno. Vedo che se anche fosse disposta a darmela rischierei una denuncia per corruzione di minorenne. Vedo che benché io mi percepisca e probabilmente mi comporti pure come un trentacinquenne, ho cinquant'anni. Vedo che comunque un giorno o l'altro avranno cinquant'anni pure lei e il suo Claudio. Ma non è una grandissima consolazione.

Che ti succede?

«Che ti succede?»

Selvaggia è appena rientrata sbattendo la porta. Dunque devono essere le sette di mattina, più o meno.

«Stanotte non sono riuscito a dormire.»

«Ed è per questo che sei tutto avvolto nella pellicola Cuki trasparente?»

«No, è che... vorrei buttare giù la pancetta.»

Dopo aver sbattuto la porta, Selvaggia sbatte sul tavolo la borsetta leopardata che usa quando va al lavoro. Qualcosa mi dice che deve essere un po' nervosa. Eppure non mi pare sia periodo di mestruazioni.

«Cheppalle» mi fa, sbattendosi sul divano.

«Cosa ti succede?»

«Mi succede che mi sono rotta di 'sti maiali che solo perché mi guadagno da vivere con la lap dance pensano di potermi scopare. Volevo fare l'attrice, io. Oppure la musicista. O al limite la fotografa. E invece guardami, sono conciata come una zoccola.»

Si sfila la giacca che usa per andare al lavoro, leopardata alla pari della borsetta, e toglie i sandali, anch'essi leopardati, per rimanere in hot pants di jeans e maglietta rosa con la scritta dorata SEX BOMB.

«Ma no, non sembri una zoccola» cerco di confortarla.

«Sì che sembro una zoccola. E ben mi sta. Con la recitazione ho fallito. Ti rendi conto che all'epoca non mi hanno presa nemme-

no a quel provino per "Forum"? Con l'ukulele idem. Con la giocoleria non ne parliamo che usando le torce a momenti mi davo fuoco ai capelli. Tip-tap lasciamo perdere che inciampavo di continuo. L'hula hoop mi cadeva sempre. A yoga mi annoiavo, quasi come a meditazione trascendentale. E da quel cazzo di didgeridoo non sono mai riuscita a cavare manco una scoreggia, porca di una vacca troia.»

«Però per la fotografia hai talento» azzardo.

«Talento? Ma se non faccio altro che spararmi selfie e copiare la Cindy. Il talento è un'altra cosa. Tu che ce l'hai dovresti saperlo.»

Tira fuori dalla borsetta leopardata il tabacco e un ciocco di fumo. Da una tasca degli hot pants estrae le cartine. Attacca a rollarsi una canna. Le canne la mettono sempre di pessimo umore. Si chiude.

«Le canne ti mettono sempre di pessimo umore, Selvaggia. Lo sai che poi ti chiudi.»

«Ma che cazzo dici, non è vero per niente» sbuffa lei. «Piuttosto dài, distraimi. Raccontami qualcosa.»

«Che cosa vuoi che ti racconti?»

«Che hai fatto oggi?»

«Ho tradotto tutto il giorno, e quando ho finito mi sono messo a scrivere.»

«Tu lavori troppo, Bruno. Dovresti distrarti un po'.»

«Distrarmi?»

«Sì. Dedicarti a un hobby. Qualcosa che ti rilassi. Tipo le canne per me.»

Cerco di pensare a qualcosa che mi rilassi o che eventualmente potrebbe rilassarmi. Cospargere di pece e piume Giuseppe Culicchia, per esempio. Oppure Bruce Sterling.

«Allora? Ti viene in mente qualcosa?»

«Io... devo scrivere il Grande Romanzo Italiano, Selvaggia. Non ho tempo per rilassarmi.»

«Lo so. Però non puoi nemmeno stare giorno e notte davanti a quel computer. Domani sera ti porto con me al Black Diamond.»

«Al Black Diamond? Lo sai che non mi va più di fare vita notturna. È roba da giovani. Mi sentirei a disagio.»

«Ma che cazzo dici? Tranquillo, è pieno di cinquantenni bavosi.»

E mentre lei si fa il primo tiro e inizia a chiudersi, penso che per Cristiana devo essere quella roba lì. Un cinquantenne bavoso.

Al Black Diamond

Al Black Diamond ritrovo le stesse facce che avevo lasciato tipo una decina di anni fa, esattamente lì dov'erano. Solo più grigie e gonfie e segnate da ragnatele di rughe. Come la mia, del resto. Eccoci qua. I cinquantenni bavosi. Non fa una piega.

«Ehilà, Bruno!» mi fa Carletto, il puttaniere più noto della città. «È un secolo!»

«Maestro!» mi saluta Ozzy, un artista che tutti abbiamo sempre chiamato così per via della somiglianza con il rocker americano, e di cui non ricordo più il vero nome.

«Guarda un po' chi si rivede!» mi sorride da dietro il bancone Bipede, che è il più invecchiato di tutti. Sembra un teschio con una parrucca grigia. Una volta lavorava all'Escobar, ne sono certo.

Mi guardo attorno. Tra la clientela riconosco una tipa che tutti chiamavano... come? Boh. Qualcosa e poi Non-Lo-Sa. E a uno dei tavoli d'angolo della sala ornata da fotografie di Terry Richardson, o forse di uno che imita lo stile di Terry Richardson, anche perché mi sembra improbabile che Terry Richardson abbia mai potuto fotografare dj Zombi, c'è anche Allegra... che da quanto vedo... si è tagliata i capelli... e rimessa con Iaio. Non l'avrei mai detto. Beh, si vede che si amavano sul serio.

Selvaggia intanto è sparita nei camerini per cambiarsi. Ma non faccio in tempo a ordinare un mojito che è già di ritorno. Sale sul bancone con addosso un body verde che le sta da dio grazie ai me-

ravigliosi capelli rossi, e si attacca al palo, iniziando a volteggiare. In sottofondo un pezzo house che francamente non riconosco. Una volta forse ci sarei riuscito. Ora non più.

«Tu sì che sei un ragazzo fortunato!» mi strizza l'occhio Carletto. So per certo che con Selvaggia ci ha provato più di una volta, 'sto cinquantenne bavoso. Ma lei lo ha sempre sfanculato. Ad ogni modo ha ragione. In effetti devo ammetterlo, sono un ragazzo fortunato. Selvaggia è davvero una gran figa e il suo stile di pole dancer non è assolutamente volgare. Le sue gambe lunghissime disegnano figure con la complicità delle braccia coperte di efelidi e del tronco ornato da tette generose. E le caviglie? Vogliamo parlare delle caviglie? Certo Cristiana ha quel non so che... lo splendore dei diciassette anni... Bipede mi serve il mojito.

«Offre la casa!» sorride con quel suo sorriso da teschio.

Ozzy mi si avvicina e biascica qualcosa. Mi accorgo solo adesso di quant'è ubriaco. E sono appena le dieci. Io annuisco e fingo di ascoltarlo, e intanto penso ai fatti miei. Ovvero al mio Grande Romanzo Italiano.

Devo, devo, devo assolutamente riuscire a scrivere il Grande Romanzo Italiano. Solo se riuscirò a scrivere il Grande Romanzo Italiano un giorno potrò guardarmi allo specchio e dirmi: bravo, Bruno, hai fatto qualcosa di questa tua vita inutile. Qualcosa di straordinario e di duraturo. O anche solo qualcosa. Quanti anni buttati dietro alle parole altrui. Quanti anni passati davanti allo schermo di un computer. Quanti anni trascorsi a scervellarmi per capire come tradurre migliaia o meglio milioni di pagine, frasi, parole. E la vita che mi è passata davanti agli occhi sullo schermo del computer non era nemmeno la mia. Era sempre e solo vita altrui. Storie altrui. Storie di vite altrui. In realtà è come se avessi vissuto una vita non mia, sempre a inseguire il prodotto della mente di qualcun altro. Pensieri e parole che hanno occupato la mia testa, le mie giornate. Giornate che sono scivolate via una dopo l'altra senza lasciare grandi tracce. Fuori dallo schermo del computer la Terra girava, il mondo cambiava, le persone vivevano. Io invece ero prigioniero

di Word. Oltretutto in cambio di compensi da fame. Appena sufficienti a non finire per strada a chiedere l'elemosina. Bella roba, l'industria culturale italiana. Avevo i capelli castani quando ho iniziato a tradurre, convinto che si sarebbe trattato di un breve intermezzo, destinato com'ero nei miei sogni a diventare uno scrittore di successo. Ora ce li ho grigi. E presto li avrò bianchi. Non era così che immaginavo di ritrovarmi a questo punto della mia sola e unica esistenza.

Selvaggia intanto volteggia sopra le nostre teste. *Selvaggia intanto volteggia*: tre parole che non metterei mai l'una di seguito all'altra nel mio Grande Romanzo Italiano. E a un tratto, mentre lei continua a volteggiare e Carletto si beve con gli occhi le sue curve e al tavolo d'angolo Iaio e Allegra si baciano, ho come un'illuminazione. Massì. Ma certo. Ecco che cosa devo fare. Perché non ci avevo mai pensato, prima d'ora?

Antonio Franchini

«Antonio Franchini» dico a Mordecai quando lo chiamo sul cellulare malgrado i costi, dopo che per tre giorni la sua segretaria si è ostinata a ripetermi che era sempre fuori ufficio. «Io voglio Antonio Franchini.»

«Antonio Franchini? E che vuoi tu da Antonio Franchini?»

«Voglio che Antonio Franchini mi faccia da editor.»

«E perché Antonio Franchini dovrebbe farti da editor, scusa?»

«Come perché? Perché Antonio Franchini è il numero uno degli editor. Anzi, il numero primo, se mi passi la battuta. Ti ricordo che è stato lui a scovare dal nulla Roberto Saviano. E a trovare a Paolo Giordano quel titolo meraviglioso, *La solitudine dei numeri primi*. Se non fosse stato per quel titolo, col cazzo che all'epoca Paolo Giordano vendeva un milione di copie.»

«Due milioni. Ma ormai è preistoria.»

«Non importa. Antonio Franchini sta all'origine di Saviano e ha fatto la fortuna di Giordano. Voglio che Antonio Franchini mi faccia da editor e mi trovi un bel titolo. Anzi no, un titolo me-ra-vi-glio-so.»

Mordecai tace.

«Mordecai? Ci sei?»

«Sì, io ci sono. Tu invece ci fai?»

«In che senso?»

«No, dico, tu lo hai scritto 'sto nuovo romanzo, il tuo Grande Romanzo Italiano?»

«Ci sto lavorando.»

«Quante pagine hai?»

Taccio.

«Quante pagine hai, Bruno?» insiste lui.

«Trenta. No, diciamo che quelle finite finite finite sono tre. Però sono perfette.»

«Ecco, quando quelle tre pagine diventano trecento ne riparliamo, va bene?»

«Trecento? E che devo fare, il Grande Romanzo Italiano al chilo? Io ho bisogno di un grande editor che mi dia grandi suggerimenti, grandi dritte, grandi stimoli. Io ho bisogno di Antonio Franchini, Mordecai. Lo hai letto, tu, *Cronaca della fine*, la storia di quel pazzo pornonazista dal nome improbabile che anni fa lo perseguitava?»

«Sì, l'ho letto. E allora?»

«E allora viene fuori chiaramente che Antonio Franchini non è solo un editor molto, molto, molto capace, ma è anche un uomo molto, molto, molto paziente.»

«Ma che vuol dire? Ma che c'entra? Ma che pensi, che io chiamo Antonio Franchini e gli dico senti un po', c'è questo autore che rappresento solo perché lo conosco da quando andavamo assieme all'asilo, a questo punto mi verrebbe da aggiungere purtroppo ma lasciamo perdere, che si è messo in testa di scrivere il Grande Romanzo Italiano, e che ne ha già scritte ben tre pagine, e sai che c'è? Ti vuole come editor. Gli devo dire così, ad Antonio Franchini?»

«Se pensi che sia la strada giusta, digli così.»

«Solo che poi Antonio Franchini, che tra l'altro è un esperto di arti marziali, sai che fa?»

«No. Che fa?»

«Fa che mi manda a stendere: senza ricorrere alle arti marziali, si capisce, ma educatamente, perché Antonio Franchini è un gentiluomo del Sud. Però mi manda a stendere. E ha pure ragione. A parte il fatto che Antonio Franchini non è più l'Antonio Franchini di una volta.»

«Ah, no? E che gli è successo?»

«Come che gli è successo? È passato da Mondadori a Giunti! E mica è più potente come un tempo, scusa. E in Giunti di sicuro non ha l'esercito di collaboratori che lo aiutavano a Segrate. Tu hai idea del lavoro che ha, uno come Antonio Franchini?»

«No, non ce l'ho.»

«E allora procuratela. Uno come Antonio Franchini legge romanzi inediti dalla mattina alla sera, italiani e stranieri, e riceve migliaia di mail, e ad alcune centinaia risponde, e gli tocca fare le riunioni di redazione, e star dietro alle paturnie dei suoi autori, e occuparsi dei loro contratti, e incontrare i venditori, e rendere conto alla direzione, e andare al Festival di Mantova e alla Fiera di Francoforte, e rispondere alle domande sul futuro della narrativa italiana per le pagine culturali della "Repubblica" e poi per quelle del "Corriere" o viceversa, e frequentare la palestra, e recuperare i figli all'uscita da scuola, e lavarsi i denti, farsi la barba, ogni tanto fumarsi una sigaretta. E poi, tra l'altro, trovare pure il tempo per scrivere le cose sue. E tu, Bruno Bruni, il carneade della letteratura italiana con tre romanzi all'attivo nell'arco di vent'anni per un totale di... quanto? In tutto e per tutto poco più o poco meno di mille copie vendute? Tu pretendi che io chiami Antonio Franchini e lo convinca a leggere le tre, dico tre pagine del tuo fantomatico nuovo romanzo, ho capito bene?»

«Benissimo. Ma ritira il carneade.»

«Vabbè, ciao Bruno. Quando hai qualcosa di nuovo e soprattutto di buono da farmi leggere, qualcosa, per capirci, tipo quello che scrive chessò, Porscia Creso, fatti vivo.»

«Ma guarda che da queste tre pagine si evince tutto l'impianto del libro, che se vuoi è una metafora. E poi che c'entra Porscia Creso, lei scrive bestseller, mentre io sono un autore di razza, o comunque di un'altra raz...»

Sento un *click*.

«Pronto? Pronto, Mordecai?»

Ha riattaccato.

Al Pastis con Selvaggia

Al Pastis con Selvaggia sediamo a un tavolo nel dehors su piazza Emanuele Filiberto e dopo aver salutato Andrea, uno dei soci del locale, ordiniamo entrambi polpette di sarde con sarde alla griglia e patate al forno, più un quarto di vino bianco Anthìlia e una mezza minerale, e mentre aspettiamo Selvaggia attacca a parlarmi, credo, perché in realtà, anche se di tanto in tanto annuisco ed emetto brevi suoni articolati così da farle pensare che sto ascoltando quello che dice, io sono da tutt'altra parte, ovvero dentro quel labirinto buio, irto di trappole e edificato sulle sabbie mobili che in definitiva è il Grande Romanzo Italiano.

Il fatto è che, alla pari di chiunque abbia in mente di accingersi a un'opera epocale, mi sono posto un obiettivo molto alto, ovvero riuscire a scrivere non come la regina delle classifiche Porscia Creso, di cui non ho mai letto una riga, ma come il mio idolo Alessandro Baricco. Senza però imitarlo. Nel senso: ispirandomi a lui, ma non per plagiarlo, casomai – e qui azzardo una bestemmia – migliorandolo. E però come si fa a comporre una sinfonia alla Mozart ma meglio di Mozart? Come dipingere un quadro alla van Gogh ma meglio di van Gogh? Come girare un film alla Kubrick ma meglio di Kubrick?

«E insomma ti rendi conto che in questo cazzo di mondo un sacco di gente prima o poi diventa famosa o semifamosa e noi no? Prendi quei due, Malammore e Scianel» mi pare stia dicendo Selvaggia.

«Che ci vuoi fare», mi stringo nelle spalle, senza avere la più pallida idea di chi stia parlando.

In questi giorni, nei ritagli di tempo concessimi dal titanico lavoro di traduzione del romanzo di Bruce Sterling, l'impareggiabile profeta della letteratura cyberpunk, mi sono fatto l'ennesima full immersion nell'opera omnia di Alessandro Baricco. E devo ammettere di essere arrivato alla conclusione che, ahimè, forse mi sono scelto un modello troppo alto per i miei mezzi. Voglio dire, già solo l'incipit del suo primo romanzo, *Castelli di rabbia*, con quel *Ma che canchero* sbattuto lì in faccia al lettore, è un qualcosa di inimitabile. E, mi si passi il termine, in-migliorabile.

«Io voglio diventare famosa tipo Marlon Brando. E ricca, cazzo.»

«Come no.»

Ma poi ci sono le frasi. Le frasi di Alessandro Baricco. Frasi che uno quando le legge non riesce a trattenersi dal sottolineare. Io per esempio ho sottolineato praticamente ogni singola frase di ogni singolo libro di Alessandro Baricco. Tipo: *Se devo dimenticarti mi ricorderò di farlo, ma non chiedermi poi di dimenticare che me ne sono ricordato*. Geniale, no? Nemmeno l'über-crossdisciplinare Gianluigi Ricuperati riuscirebbe a scrivere qualcosa di paragonabile. Uhm. Mi sto rendendo conto mio malgrado che forse, e dico forse, scrivere il Grande Romanzo Italiano sarà più complicato di quello che pensavo.

«A me brucia ancora tantissimo quando non mi hanno nemmeno ammessa alle selezioni per il provino del "Grande Fratello", sai?»

«Prova con una pomata.»

Insomma: sono, come suole dirsi, in un *cul de sac*. Ma ecco che arrivano le nostre polpette di sarde con le sarde alla griglia e le patate al forno. E il vino? Ce l'avevano già portato, ma non me ne ero accorto.

«Allora» mi si avvicina Andrea, il socio degli altri soci del Pastis che non ricordo mai come si chiamano, «a quando il nuovo romanzo?»

«Quale romanzo?» Strabuzzo gli occhi.

«Beh, quello tuo precedente ormai è uscito da un po' di anni, se non sbaglio.»

«Cinque» dico. «Cinque anni.»

«Eh, cinque anni non sono pochi, no?»

«Ma... quello là... non è il cantante dei Subsonica? Samuel?» gli chiede Selvaggia, indicandogli un tipo col cappello di paglia e una sciarpa di seta che tre tavoli più in là sta parlando allo smartphone.

«Sì» le fa Andrea.

«Ah, quanto mi piacerebbe fare la corista per uno dei suoi dischi.»

«La corista? Da quando in qua ti sei messa a fare la corista?» le chiedo.

«Perché? Che ci vuole a fare la corista?» sbotta lei. «Me lo presenti?»

Io e Andrea ci guardiamo.

«Mah, sai, Samuel è un tipo molto... riservato. Viene a mangiare da me proprio perché nessuno lo disturba.»

Lei si alza e fa una verticale. Qualcuno tra gli avventori seduti agli altri tavoli nota la cosa e si gira a guardarla. Samuel no, tutto intabarrato continua a parlare allo smartphone. Selvaggia allora fa la ruota in mezzo ai tavoli. Finisce proprio davanti al tavolo di Samuel e quando si rimette in piedi gli sorride. Lui continua a parlare calandosi il cappello sugli occhi. Lei tira fuori il suo smartphone da una tasca dei jeans e si spara un selfie badando a inquadrare anche lui. Ma prima che riesca a scattare la foto lui si alza e se ne va.

«Ecco, lo sapevo» sibila Andrea.

«È fatta così» gli dico.

«Scrivi, Bruno, mi raccomando» mi fa lui, mentre lei tutta scornata torna verso di noi. «Guarda che il tuo nuovo romanzo lo aspettiamo in tanti.»

«Ah, se è per questo lo aspetto pure io.»

The Royal Tenenbaums

The Royal Tenenbaums. In realtà quando ho bisogno di staccare e di rilassarmi io un hobby ce l'ho. Mi stendo sul divano, metto su il DVD del film di Wes Anderson e me lo riguardo dall'inizio alla fine, anche se ormai lo so a memoria. New York, anni Settanta. Royal Tenenbaum e la moglie Etheline hanno tre figli piccoli, Chas, Margot e Richie, dotati di un grandissimo talento. Il primo a soli dodici anni è già un genio della finanza. La seconda è una brillante drammaturga. Il terzo una promessa del tennis. Il tempo però passa e le cose cambiano. Per via dei continui tradimenti di Royal, lui e la moglie si separano. Quanto ai tre figli, mano a mano che crescono il loro talento svanisce. Chas, che da parte sua è rimasto vedovo e ha due bambini di nome Ari e Uzi, vive ossessionato dall'idea che possa accadere loro qualcosa. Margot, che nel frattempo si è sposata con un grigio professore universitario, ha smesso di scrivere. Richie, dopo aver abbandonato il tennis, si è imbarcato su un cargo per fare il giro del mondo e lasciarsi alle spalle il passato. Ma un giorno, dopo parecchi anni di assenza, ecco che Royal si rifà vivo, suonando il campanello di 111 Archer Avenue, per tentare di salvare quel che può ancora essere salvato.

Ogni volta che rivedo *The Royal Tenenbaums*, mi identifico a turno con ciascuno dei personaggi principali, ovvero con Eli Cash, lo scrittore fallito interpretato da Owen Wilson, con Richie Te-

nenbaum, il tennista fallito interpretato da Luke Wilson, e anche un po' con Margot Tenenbaum, la commediografa fallita interpretata da Gwyneth Paltrow. La colonna sonora, che è stupenda, contiene tra le altre gemme il brano *Needle in the Hay* di Elliott Smith, morto suicida nell'ottobre del 2003.

Il problema

Il problema, con il Grande Romanzo Italiano, ossia col tenore che canta per strada eccetera, è che malgrado siano quattro anni che mi ci spacco la testa la storia non vuol saperne di farsi raccontare. Stanotte però forse mi sono sbloccato, almeno così pare. Rileggo per l'ennesima volta quello che dovrebbe essere l'inizio del libro.

«Lupo... Manara? Ecchecanchero!»

Stava lì come un cono gelato in un igloo. Tutto intorno, Port Palace. Quella mattina, come tutte le mattine, si era fatta mattina. Non ci sono cazzi: la mattina, quand'è ora di arrivare arriva. Succede e stop.

Ora. Che riecheggi Alessandro Baricco non ci sono dubbi. Ma da che mondo è mondo, la letteratura è fatta di rimandi, omaggi, citazioni. Vedi non solo l'*Odissea*, che qua e là scopiazza l'*Iliade*, ma soprattutto il crossdisciplinare Gianluigi Ricuperati, che in queste cose è un vero *tourbillon*. Tuttavia, mi chiedo se non si avverta il bisogno di strafare. Voglio dire, c'è troppa carne al fuoco? Mi sembra. O no? Il vero colpo di genio è stato cambiare nome a Porta Palazzo. Port Palace dà alla storia un respiro molto più internazionale. Dopotutto, benché stia scrivendo il Grande Romanzo Italiano, devo guardare alle chance di traduzione. E poi, insomma, siamo nel Terzo Millennio e anche la letteratura deve fare i conti con la globalizzazione. Inoltre adoro la metafora del cono gelato in un igloo,

che rende perfettamente lo stato d'animo ma anche il freddo cane del protagonista, il quale, dopo aver perso il lavoro da tenore, va a cercarne uno a Porta Palazzo, cioè a Port Palace. Si fanno dunque i conti fin dalle prime righe anche con la crisi economica, cosa che rende questo mio testo un romanzo civile di default, direi con venature pasoliniane. Tant'è vero che si strizza l'occhio al documentario, con i nuovi dannati della Terra che alla pari dei loro avi sono schiavizzati qui e ora nel cuore di una città occidentale. E ancora: la fine del modello industriale fordista, simboleggiata dal tram vuoto che solca la piazza. Ma allo stesso tempo non manca la poesia, vedi il passaggio in cui compare l'Orsa Maggiore, e dunque la leggerezza va da sé calviniana, che deve sempre esserci. Senza contare che devo giustificare il fatto che nella quarta di copertina comparirà l'aggettivo "stralunato". Ce lo mettono sempre.

Eppure.

Eppure, se ci sono tutte queste cose, e sul fatto che ci siano non ho alcun dubbio... perché ogni volta che lo rileggo mi fa più schifo della volta precedente?

Ma perché a un tratto

Ma perché a un tratto, mentre tornavo dal supermercato, mi sono sorpreso a scrutare la camminata svelta di una ragazza, e ad ammirare i movimenti delle cosce e del sedere nei suoi pantaloni di velluto rosa? E quando ho colto il profilo del suo viso, un viso che fino a ieri mi avrebbe lasciato indifferente, ho scoperto che mi piaceva. Non era il tipo di bellezza che mi aveva sempre stregato, quei lineamenti classici che fin da quando ero adolescente hanno sempre avuto il potere di ammutolirmi. No, un tempo una ragazza con quel viso non l'avrei proprio notata. E invece questa... mi piaceva. In un attimo sono stato colto da un vortice di consapevolezza, e ho messo a fuoco qualcosa a cui finora non avevo dato alcun peso: da quanto tempo in qua mi piacciono donne e ragazze che prima non avrei degnato di uno sguardo? Così ho capito che quella di oggi era una data importante, almeno per me. La data in cui ho stabilito che c'è stato un prima, e che ormai mi trovo nel dopo.

Guardo lo schermo del computer.

Lo schermo del computer mi guarda.

Che cazzo hai da guardare, schermo del computer?

Lavori troppo, dice Selvaggia.

Dovresti trovarti un hobby.

Tipo giocare a calcetto che così mi procuro una lesione ai legamenti e mi operano e poi porto un tutore per quaranta giorni e

dopo mi devo fare sei mesi di fisioterapia e non posso mai più giocare a calcetto, bello no?

Uhm.

Claustrofobia.

Ho una sensazione come di claustrofobia.

E vertigini.

E testa che fuma.

Ho una sensazione come di claustrofobia, vertigini e testa che fuma.

Col mouse clicco l'icona Photo Booth.

Sullo schermo del computer compare l'obiettivo della macchina fotografica.

Mi ci specchio.

No, dalla testa non mi esce alcun fumo.

Apparentemente.

Ma fammi capire

«Ma fammi capire: tu che cosa intendi esattamente per Grande Romanzo Italiano?»

La domanda di Mordecai rimane sospesa nell'etere. Sono tre giorni che tento di parlargli, rimbalzato da segretaria, segreteria telefonica, trilli a vuoto e da quegli insopportabili *ci dispiace ma il numero da lei chiamato non è al momento raggiungibile*, e se poco fa mi ha risposto, ne sono certo, è solo perché l'ho cercato in modalità numero sconosciuto e lui ha pensato che fosse qualcun altro. Ciò detto, questa sua domanda, posta a bruciapelo poco dopo i saluti iniziali e le mie rimostranze in merito al fatto che nonostante stia cercando di scrivere il Grande Romanzo Italiano lui, che in teoria ma anche in pratica è il mio agente, non mi pare granché interessato a eventuali passi avanti in questa direzione, che peraltro non ci sono, mi giunge imprevista. E in un certo senso mi spiazza. In realtà, io non me la sono mai posta.

«Pronto? Ci sei?» mi fa lui.

«Ci sono, ci sono, stavo solo cercando di... sintetizzare la risposta a una domanda tanto complessa.»

«E dimmi, hai sintetizzato?»

«Beh, insomma, sì e no, nel senso: il Grande Romanzo Italiano è...»

M'inceppo.

Seguono lunghi istanti di silenzio.

«Ecco. Vedo che hai le idee chiare. Se vuoi, la prima volta che

vieni a Milano e ci vediamo te lo spiego io che cosa dovrebbe essere, il Grande Romanzo Italiano.»

Me lo dice col tono di quando vuole tagliar corto, è da una vita che lo conosco e stavolta non mi frega.

«No no no no no, aspetta aspetta aspetta» dico, cercando di farmi venire in mente qualcosa di sensato. «Il Grande Romanzo Italiano è un romanzo intenso, costruito attorno a una donna in grado di essere sempre se stessa nonostante l'ostilità del mondo. Non solo: è anche la storia di una coppia contemporanea con le sue trasgressioni ordinarie, la sua quotidianità avventurosa. Una coppia come tante, come noi. Contemporaneamente a noi. Ma è anche un romanzo-mondo, di forte impegno etico, spiazzante come un thriller, emblematico come una parabola. Affollato di personaggi memorabili eppure percorso dalla linea monodica di un solo lamento, mette in scena su un palcoscenico angosciosamente simile alle nostre case il dramma senza tempo e senza riscatto della giustizia umana e dei suoi inevitabili errori. Voglio dire, la morte di una madre ci fa sentire parte di una storia di famiglia, di un mondo, di una genealogia, addirittura di un periodo storico. Fino al presente rigoroso, assediato dalle nevrosi degli Anni Zero. Perciò è un romanzo che alterna momenti di durezza e spietata tensione a scene rarefatte e di trattenuta emozione, di sconsolata tenerezza e di tenace speranza. Una scrittura in prima persona fatta dal luogo degli agguati, nei negozi e nelle fabbriche dei clan, raccogliendone testimonianze e leggende. Può un uomo accettare che sua moglie non si fidi di lui? Si può vivere senza esprimere se stessi? E come incide il dolore nelle nostre vite? Abbiamo tutti le stesse carte in mano?»

Mi fermo.

Mordecai tace.

Prendo fiato.

Ricomincio.

«Io comunque mi sono immaginato questo tenore. Un tenore lirico che, rimasto disoccupato a causa dei tagli alla cultura, canta per strada. Un giorno, dato che non può più pagare l'affitto, va a

cercare lavoro al mercato di Porta Palazzo, per montare e smontare i banchi, e scopre che il tipo che gestisce il tutto, cioè in definitiva il caporale, è un laureato in Lettere Classiche.»

Mi fermo di nuovo.

Mordecai tace.

«Al mercato ad ogni modo non lo prendono, ormai ha passato i cinquant'anni e cercano gente giovane. Così lui, rassegnato, torna a cantare per strada. Ma un giorno due ragazzini arabi lo rapinano, e gli spaccano un ginocchio. Lui allora finisce al pronto soccorso, dove gli mettono il gesso, e per quaranta gior...»

«Interessante» mi interrompe Mordecai. «Mi sembra davvero... molto interessante. Tu scrivi, poi quando hai un tot di pagine me le mandi, va bene? E anche se non c'entrano nulla con quello che scrive la Porscia Creso, nel senso che detto papale papale questa che mi hai riassunto non mi pare una storia da classifica, anzi a dirla tutta dubito molto della sua vendibilità, ti prometto che te le leggerò al più presto.»

«Ma io...»

«Ciao Bruno, stammi bene, ti ringrazio per avermi chiamato.»

Sento un click.

«Pronto? Pronto, Mordecai?»

Ha riattaccato.

Esiste qualcosa di più ripetitivo

Esiste qualcosa di più ripetitivo dell'andare in palestra? Sì: i libri di Giuseppe Culicchia. Comunque. In palestra, dove vado ogni tanto per fare un po' di tapis roulant o di cyclette visto che per il resto me ne sto tutto il tempo seduto a tradurre quel genio sottovalutato, almeno da parte mia, di Bruce Sterling, il presunto profeta della letteratura cyberpunk, oppure a scrivere o almeno a cercare di scrivere il Grande Romanzo Italiano, m'imbatto in Cristiana. Cristiana continua ad avere diciassette anni. Cristiana continua a fare atletica da qualche parte. Cristiana continua ogni tanto ad allenarsi qui. Cristiana continua ad allietare i maschi e le lesbiche presenti con i su e giù delle sue tette. Cristiana quando viene ad allenarsi qui porta i capelli raccolti in una coda di cavallo, come peraltro. Ma i capelli di Cristiana sono lunghissimi, liscissimi, colore del miele di castagne. E ci sono probabilità più che ragionevoli che di quello stesso colore, o al limite un filo più scuri, debbano essere i suoi peli pubici. Che però non ho mai visto, annusato, sfiorato. Cosa non darei per leccarti la figa, Cristiana. Quale che sia la tonalità del tuo vello pubico. Selvaggia per esempio mi ha fregato. Lei, rossa di sopra, di sotto è bionda. Ma non pensiamo a Selvaggia. Non è né il momento né il luogo.

«Ciao Cristiana!» saluto la diciassettenne con la mia voce più giovanile e squillante.

Lei mi ignora di brutto e va al quadro svedese. Ed ecco Claudio.

Claudio, il calciatore di Serie C. Il calciatore di Serie C che comunque rimane pur sempre un calciatore. Claudio, capelli neri e cerchietto. Claudio, fisico perfetto. Claudio, tatuaggi. Claudio, gambe depilate. Claudio, venticinque anni. Claudio. Manina. Fusa. Chiacchierare. Claudio, che Cristiana se l'è già trombata di sicuro. Vai a fare in culo, Claudio.

Di giorno

Di giorno, quando Selvaggia dorme, mi rompo la testa per tradurre entro la scadenza assurda imposta dall'editore l'imperscrutabile Bruce Sterling. Di notte, quando Selvaggia lavora, mi rompo la testa per scrivere il Grande Romanzo Italiano, che però non mi viene, non mi viene, non mi viene. Sarà che tra una cosa e l'altra dormo troppo poco, ma faccio una fatica bestiale anche solo a scriverne una frase, figuriamoci una pagina. Così ogni volta finisco per cazzeggiare in Rete, leggendo le edizioni online dei quotidiani, dando un'occhiata alle classifiche dei libri più venduti, dove troneggia come sempre Porscia Creso, e gustandomi crossdisciplinariamente i post su Facebook di Gianluigi Ricuperati. Anche se quello che non vorrei è che mentre io cazzeggio in Rete lo stia scrivendo lui, il Grande Romanzo Italiano. È lui l'unico che temo sul serio, a dirla tutta. Ad Alessandro Baricco la cosa molto probabilmente non interessa, lui è troppo internazionale. Tiziano Scarpa invece, so che volendo può sembrare un paradosso, è troppo intelligente. Antonio Tabucchi è morto. Chi altri? Francesco Piccolo? No, lui è troppo divertente. E poi è anche molto preso dalle sceneggiature per Nanni Moretti e dalla tivù. Niccolò Ammaniti? E chi glielo fa fare di lavorare al Grande Romanzo Italiano, che tanto qualsiasi cosa scriva Gabriele Salvatores ci fa un film? Sebastiano Vassalli... uhm, troppo serio, a parte il fatto che ora che ci penso è morto anche lui. Stefano Benni lo escludo, troppo comico. Le

donne sono da escludere pure loro a priori, perché se non c'è riuscita a suo tempo Elsa Morante con *La Storia*, peraltro andandoci molto vicina, non ce n'è per nessuna. Inutile mettersi a copiare Tolstoj. Quanto a Porscia Creso non l'ho mai letta ma non ce n'è, è troppo commerciale. No, l'unico che ha le carte in regola e che potrebbe battermi sul tempo è lui, quel geniaccio della crossdisciplinarietà di Gianluigi Ricuperati. Giuseppe Culicchia, va da sé, non lo prendo nemmeno in considerazione.

Il foglio bianco

Il foglio bianco.
Eccolo qua.
Tu hai paura del foglio bianco, dice Mordecai.
No, Mordecai caro.
Io non ho paura del foglio bianco.
Il foglio bianco sta dentro il computer.
Io sto fuori.
È il foglio bianco che deve aver paura di me.
Mi basta premere un bottone e ciao ciao foglio bianco.
Non ci sei più.
Brutto sacco di merda!
Io ti metto sotto!
Ti farò un culo così!
Qui tu non riderai!
Tu non piangerai!
Ti faccio vedere io!
Alzati in piedi!
Tirati su!
Datti subito una regolata foglio bianco sennò io ti svito il cranio e ti cago in gola!
Sai che ti dico, foglio bianco?
Vai a cagare, foglio bianco.
Mi hai sentito?
Vai a cagare.

Non lo so

Non lo so che senso abbia, ma Allegra ha insistito perché ci rivedessimo e io alla fine ho accettato e adesso eccomi qui che l'aspetto al Caffè Elena di piazza Vittorio, che è molto cambiato rispetto all'ultima volta che ci sono stato. Con lei. Quanti anni fa? Quattro. No, cinque. All'epoca io ero in crisi con Selvaggia e lei con Iaio, e per tre mesi, lo spazio di un'estate, siamo stati assieme. Era appena uscito il mio secondo libro, *Rayon*, nel quale riponevo molte speranze poi andate deluse. Avevo quarantacinque anni e anche se non ero più un ragazzino e avevo smesso da un pezzo di frequentare la Torino notturna non mi sentivo ancora come mi sento ora. Sta di fatto che quell'estate io e Allegra siamo stati bene assieme, almeno fino a un certo punto. Lei aveva deciso di disintossicarsi e di non volerne più sapere di Iaio e del suo giro di amici dj cocainomani, io invece volevo far pagare a Selvaggia una storia che si era fatta con un tipo conosciuto nella palestra dove si allena tuttora. E a un certo punto, me lo ricordo bene, avevo anche pensato che con Allegra potesse nascere qualcosa di serio. Di molto serio. Lei poi era figlia di un industriale: la ragazza perfetta. Mi sarei potuto permettere di lasciar perdere le traduzioni per dedicarmi solo ed esclusivamente alla scrittura. Ma eccola che arriva a piedi, sotto i portici. Cammina come fosse a una sfilata. È sempre una gran figa.

«Ciao Bruno.» Mi sorride quando mi raggiunge.

«Ciao Allegra» le dico, esibendomi in un baciamano.

Sediamo al tavolino.

«Ti sei rimesso con la sciampista.»

«Non ha mai fatto la sciampista. Tu invece stai di nuovo col tossico.»

«Non è più un tossico. Cioè, si è quasi ripulito del tutto. Ha davvero ridotto molto la... dipendenza dalla bamba.»

«E tu?»

«Io?»

«Sì, tu. Hai ricominciato?»

«Perché, ti importa?»

«Certo che m'importa. Perché pensi che sia qui?»

«Sono io che ti ho chiamato. E ho anche dovuto insistere.»

«I signori desiderano?»

Alziamo gli occhi. Una cameriera.

«Per me un Bloody Mary» le fa Allegra.

«Per me una mezza minerale con una fetta di limone.»

La cameriera se ne va.

«Salutista» mi fa Allegra.

«Ormai ho una certa età. Tu invece sempre molto rock'n'roll.»

Mi guarda. I capelli corti fanno risaltare ancora di più i suoi occhi verdi. Non che ce ne fosse bisogno.

«Scrivi sempre?»

«Già.»

«E per il resto?»

«Niente di che. Scrivo, scrivo, scrivo, lavoro, lavoro, lavoro. Perché mi hai cercato, Allegra?»

Esita. Poi mi fa:

«Volevo dirti che aspetto un bambino.»

Ci resto secco, chissà perché. Ma mi riprendo.

«Beh, com'è che si dice? Felicitazioni. È di Iaio?»

«È di Iaio.»

«E lui?»

«Dice che non vede l'ora di diventare papà. Dice che stavolta la smette definitivamente.»

«Bene. Tutto molto bene, direi.»

«E tu? Che aspetti tu a diventare papà?»

«Uhm... sai... il mio... lavoro... il mio lavoro è...»

La cameriera torna con la mezza minerale e il Bloody Mary. Si è dimenticata la fetta di limone. Lascio perdere.

«Il tuo lavoro è?» mi fa Allegra.

«È... molto impegnativo. Non credo che potrei occuparmi come si deve di un bambino. Comunque non escludo che prima o poi io e Selvaggia... tra l'altro, non credo che dovresti bere quella roba.»

«Sono solo di due mesi.»

«Fossi in te mi informerei.»

«Ma non sei in me. Non più. Dimmi, Bruno: tu mi hai voluto bene?»

Il Grande Romanzo Italiano, penso.

Che ci faccio qui?

Devo andare a scrivere il Grande Romanzo Italiano.

«Certo che ti ho voluto bene, Allegra. Sono stati anche belli, quei tre mesi.»

Butta giù un gran sorso di Bloody Mary.

«Magari un giorno i nostri figli giocheranno assieme» mi fa.

«Magari.»

Il problema

Il problema, con il Grande Romanzo Italiano, ossia con la storia del tenore che canta per strada eccetera, metafora della decadenza del Paese, una decadenza che com'è noto è una sorta di lentissima agonia iniziata con la caduta dell'Impero Romano, inframezzata da brevi, inspiegabili interruzioni tipo il Rinascimento, che a tutti gli effetti è un mistero, perché non si capisce come abbiano potuto concepirlo e metterlo in atto degli italiani, è che malgrado mi ci spacchi la testa da oltre quattro anni la storia non mi viene. Riscrivo e rileggo e levigo e riplasmo l'unica frase che dopo sforzi immani sono riuscito a produrre ultimamente, la frase che in teoria dovrebbe venire dopo la scena iniziale al mercato di Porta Palazzo, pardon, Port Palace, e spalancare un mondo agli occhi dei lettori.

Ma forse in ogni sanpietrino, a saperlo leggere, c'è tutta Port Palace.

Uhm. Troppa carne al fuoco. O no? Voglio dire, intanto c'è un tocco di colore locale, grazie alla descrizione minuziosa di questo sanpietrino. Poi si intuisce che di lì a poco comparirà questo misterioso Maletti. Infine, sullo sfondo, comincia a delinearsi la figura di Gianna, attrice di rara bellezza, amata sia dal tenore sia dal Maletti medesimo, ma l'uno all'insaputa dell'altro. L'idea è fare in modo che Maletti sembri una cosa per tutto il libro e si

riveli il suo opposto solo nel finale. Ma cosa? Non ne ho la più pallida idea.

E come se non bastasse...

Come se non bastasse, ogni volta che rileggo ciò che ho scritto mi fa più schifo della volta precedente.

Uhm.

Il mio Nord e il mio Sud, il mio Est e il mio Ovest

Il mio Nord e il mio Sud, il mio Est e il mio Ovest. Ecco chi è in realtà Selvaggia per me. Malgrado i suoi sbalzi d'umore. E anche se quando si fa le canne si chiude.

Perché dopo i reciproci tradimenti e quel periodo di separazione ho capito che di tutte le tipe con cui sono stato lei è la sola che amo davvero e che davvero mi ami. Con tutti i miei difetti. Che non sono pochi, a cominciare dal fatto che non cucino. Con Selvaggia e grazie a Selvaggia ho sempre superato tutto. Con Selvaggia e grazie a Selvaggia non mi sono mai sentito solo. Con Selvaggia e grazie a Selvaggia ho affrontato qualsiasi cosa: dalla morte dei miei genitori al passaggio di Giuseppe Culicchia alla Mondadori. Con Selvaggia e grazie a Selvaggia ho provato i soli momenti di vera felicità della mia vita, anche se adesso come adesso non me li ricordo. Però so che ci sono stati. E che ce ne saranno ancora. Al di là del fatto che Cristiana non me la darà mai. Quella stronzetta. Fanculo.

Comunque: non è certo casuale che sia proprio Selvaggia, tornando dal Black Diamond e trovandomi per l'ennesima volta con gli occhi iniettati di sangue davanti al computer, vuoi per le difficoltà mostruose che sto passando a causa dell'enigmatico romanzo di Bruce Sterling, l'ermetico profeta della letteratura cyberpunk, vuoi per la tabula rasa che mi si spalanca nel cervello ogni volta

che apro il file del Grande Romanzo Italiano, a venirmi incontro, rollandosi una canna e biascicando scazzata la frase chiave, che finalmente sblocca la mia annosa, terribile impasse:

«Ma anziché farti tante paranoie, perché non scrivi semplicemente quello che senti davvero?»

Al Salone del Libro

Al Salone del Libro, fin dal giovedì mattina, faccio la posta ad Antonio Franchini con il plico contenente le prime due ma fondamentali nuove pagine del mio romanzo, ovvero del Grande Romanzo Italiano, scritte di getto in uno stato di felicità creativa prossimo all'estasi ascoltando il consiglio di Selvaggia e dopo aver cestinato tutto ciò che avevo buttato giù in precedenza. Per sicurezza già alle otto mi metto in coda per primo alla reception Professionali, dunque finisco per varcare la soglia del Padiglione Uno insieme con le autorità per il tradizionale giro di inaugurazione, dopodiché corro subito a piazzarmi a distanza di sicurezza dallo stand Giunti in una posizione da cui riesco a tenere d'occhio sia l'ingresso principale accanto alle casse, sia quello secondario. Me ne sto lì dal giovedì mattina alle dieci al giovedì sera alle ventidue, cibandomi con i panini che mi sono portato da casa ed evitando di bere per non dover andare in bagno: per fortuna la tenuta della mia vescica è ancora quella di quando avevo vent'anni. Ma per tutto il giovedì Antonio Franchini non si vede.

Il venerdì, all'apertura del Salone, sono di nuovo lì, e fino alle sei di pomeriggio non succede niente. In compenso avvisto in lontananza: Fabio Volo con attaccato uno sciame di ragazzine urlanti, Andrea De Carlo in T-shirt nera e chitarra inseguito da un gruppetto di cinquantenni abbastanza composte, Alessandro D'Avenia tampinato da un centinaio di professoresse di Lettere tra piacenti

e attempate, Antonio Scurati con l'aria di stare antipatico perfino a se stesso, mentre secondo me è solo timido, Erri De Luca vestito come se dovesse scalare l'Everest, Aldo Nove con un'improbabile giacca rosa intento a cospargersi dalla testa ai piedi di profumo, poi ecco di nuovo Fabio Volo con attaccato lo stesso sciame di ragazzine urlanti, Paolo Crepet col classico maglioncino di cotone color pistacchio in compagnia di due, no, tre criminologhe sulla quarantina abbastanza piacenti, e pure Bruno Vespa in grisaglie che, davanti a una montagna di copie del suo nuovo libro e a due cartonati sistemati ai lati dell'ingresso dello stand Mondadori nei quali è immortalato a grandezza naturale appoggiato a una copia gigantesca del medesimo, protesta vivacemente con un addetto della casa editrice perché il libro in questione, presente altresì in un paio di centinaia di copie nella vetrina alle sue spalle e torreggiante di fronte e anche sopra e dietro alla cassa, nonché raffigurato sulla maglietta indossata dall'addetto e dai suoi colleghi e sul grosso aquilone ancorato proprio sopra la sua testa, dalla cui coda pende un nastro trasparente con la scritta rossa a caratteri cubitali È ARRIVATO IL NUOVO LIBRO DI BRUNO VESPA, secondo lui *Non si vede.*

Sia come sia. A un certo punto, in fondo all'ampio corridoio centrale dove si aggira lo sciame di ragazzine urlanti con attaccato Fabio Volo, scorgo addirittura Alessandro Baricco, anche se lì per lì stento a identificarlo perché inspiegabilmente non porta le maniche della camicia arrotolate ma indossa una giacca ricamata dal colletto alla russa che lo fa sembrare un nobile russo: peccato non poterlo avvicinare, visto che non intendo correre il rischio di perdermi l'epifania di Antonio Franchini. E a un tratto, mi sorprendo a riflettere che in definitiva il mio posto è proprio qui, tra queste celebrità, non tra le pagine deliranti di Bruce Sterling. Purtroppo il Salone del Libro dura appena cinque giorni. In ogni caso, quando infine uscirà il Grande Romanzo Italiano e verrò presentato da un intellettuale crossdisciplinare del calibro di Gianluigi Ricuperati in una Sala Gialla gremita fino all'inverosimile con la coda fuori che nemmeno per Jovanotti, anch'io mi aggirerò per il Lingotto

distribuendo autografi. E di Giuseppe Culicchia non si ricorderà più nessuno. Un momento, però. E se fosse vero che dal prossimo anno il direttore del Salone sarà lui? Uhm. Non può essere. Una manifestazione arrivata tutto sommato felicemente a ventinove anni di vita non reggerebbe il colpo. Meglio chiuderla. Fare un altro Salone. A Milano.

Per non so quanto mi perdo nei miei sogni di gloria, dimentico di tutto, immaginando le folle di lettori in coda per una mia dedica al termine della presentazione condotta con intelligenza e crossdisciplinarietà impareggiabili da Gianluigi Ricuperati, dopodiché, sono le sei e un minuto, eccolo, finalmente! Antonio Franchini! Lo riconosco anche se non l'ho mai incontrato di persona, grazie alle foto che ho scaricato da Google Images. Mi faccio subito avanti, ma non riesco neppure ad avvicinarmi di un paio di metri che all'istante sparisce nello stand per poi subito uscirne. Che fare? Decido di seguirlo nella calca e a momenti me lo perdo a causa dello sciame di ragazzine urlanti attaccate a Fabio Volo, che si sta ingrossando in maniera preoccupante, ma poi recupero il terreno perduto grazie al fatto che Mauro Corona lo saluta offrendogli un caffè al bar targato Autogrill, cosa che Antonio Franchini gentilmente rifiuta, e infine mi ritrovo dietro a lui proprio davanti alla Sala Gialla, dove Jovanotti sta presentando il nuovo libro del papa. Dato che la sala, benché gigantesca, registra comprensibilmente il tutto esaurito e c'è la coda fuori come quando sul palco ci sarà l'autore del Grande Romanzo Italiano, cioè io, e constatato che i ragazzi dell'organizzazione non mi fanno entrare perché non risulto prenotato, sono costretto a fermarmi sull'uscio e ad aspettare fuori la fine della presentazione. Antonio Franchini invece entra senza problema alcuno: anche se ora sta alla Giunti è pur sempre Antonio Franchini, ed è probabile che sia qui per cercare di strappare alla concorrenza il papa, o forse Jovanotti, o anche tutti e due. Ma quando dopo più di un'ora e mezza si aprono le porte e nel fiume di visitatori che fuoriesce dalla sala cerco di avvistarlo, Antonio Franchini non c'è più. Dov'è finito? Scruto tra la folla alzandomi in punta di piedi, niente.

Poi però, mentre come altri vengo travolto dagli uomini della scorta papale che si aprono un varco tra la moltitudine, ecco che con la coda dell'occhio mi pare di scorgere qualcosa. Faccio una piroetta rischiando di rovinare addosso a... Camillo Langone. E individuo Antonio Franchini, che non si sa come è già fuori dalle vetrate del Lingotto e sta salendo su un'auto nera col papa e Jovanotti, diretto chissà dove. Dannazione.

Il giorno dopo, sabato, per l'apertura del Salone mi faccio di nuovo trovare al mio posto. E sono pronto ad affrontare un'altra giornata di passione nel frastuono mostruoso e nel caldo appiccicoso dell'ex fabbrica fordista, accresciuti oggi dalla spasmodica attesa collettiva per Porscia Creso, la regina delle classifiche, che da quanto ho capito si manifesterà domenica, ma stavolta sono fortunato: Antonio Franchini appare già alle dieci e mezzo dietro lo sciame di ragazzine urlanti che anche oggi non si stacca da Fabio Volo.

Corro.

«Dottor Franchini! Dottor Franchini!»

Antonio Franchini si volta.

Mi mette a fuoco.

Solo che in quel medesimo istante gli suona il cellulare, e risponde.

«Dottor Franchini!» gli dico, fermandomi a due rispettosi passi da lui.

Lui, gentile, mi fa segno che sta parlando al cellulare, e con un gesto eloquente mi fa capire *Dopo, dopo*. Quindi, prende e se ne va. Che faccio? Lo seguo? E se poi mi scambia per un persecutore com'era in definitiva quel tale di cui ha raccontato la storia in *Cronaca della fine*? Meglio se lo aspetto qua. Lo aspetto. Passa un'ora. Ne passano due. Poi tre. Poi quattro. Così, quando vedo avvicinarsi una ragazza con gli occhiali dall'aria gentile che ha troppo l'aria di essere una editor della Mondadori passata a Giunti, le chiedo:

«Mi scusi, ha per caso visto Antonio Franchini?»

Lei, dolce, mi risponde:

«Guardi, era qui un attimo fa, credo che sia andato in bagno.»

«Un attimo fa? In bagno? Quale bagno?»

«Mah, in base alla nostra esperienza gli unici bagni senza coda il sabato pomeriggio sono quelli del quinto padiglione.»

«Grazie!»

Mi precipito col mio plico verso il quinto padiglione, e nei pressi del desk informazioni davanti all'ingresso del primo vado a sbattere contro... Mordecai, il mio agente.

«Mordecai! Scusa ma ho appuntamento con Antonio Franchini!» farfuglio.

«Bruno, tu mi devi scrivere un porno soft con una protagonista incline al sadomaso, però devi metterci anche un orfano e la camorra» fa in tempo a dirmi lui. Ma io ho già ripreso a correre, e lo pianto lì.

All'entrata del quinto padiglione mi incaglio in uno sciame di ragazzine urlanti, però senza Fabio Volo, il che mi fa capire che si tratta di una scolaresca di quelle che vengono deportate a Bookstock. Ma per fortuna i bagni sono subito lì. Decido di aspettare Antonio Franchini fuori dai medesimi. Non ci mette molto. E quando esce mi faccio nuovamente sotto.

«Dottor Franchini!»

Si ferma.

Mi guarda.

«Dottor Franchini, buongiorno! Ci siamo visti poco fa, permetta che mi presenti: mi chiamo Bruni, Bruno Bruni.»

Gli porgo la mano. Antonio Franchini me la stringe.

«Buongiorno» mi fa, squadrandomi.

«Vede dottor Franchini, sono qui perché volevo chiederle la cortesia di leggere una cosa.»

«Va bene» mi fa lui. «Se vuole può mandarmela in casa editrice.»

«No, ecco, poi magari si perderebbe, chissà quanta roba riceve lei ogni giorno, quintali, miriagrammi, anzi tonnellate immagino, sa, ho letto *Cronaca della fine*, poi tante volte i corrieri perdono anche i plichi più preziosi, insomma io preferirei darle il tutto qui, ora.»

Gli metto tra le mani la mia busta, su cui naturalmente ho avuto cura di scrivere i miei contatti.

«Sono solo le prime pagine» dico. «Due. Ma si avverte già la rottura degli schemi, l'originalità assoluta, diciamo pure lo sprezzo del pericolo che contraddistingue le opere destinate a travalicare le mode e le epoche e a restare sempre attuali pur restituendo lo spirito del tempo.»

Antonio Franchini inarca le sopracciglia.

«Va bene. La ringrazio.»

«Ma non le legge?»

«Beh, sa, qui come avrà notato c'è una discreta confusione.»

«Ma...»

«Preferisco dedicarmici con calma.»

«Però...»

«Magari già anche questa sera, in albergo.»

«E io dottor Franchini come faccio a dormire stanotte? La prego dottor Franchini! Le legga subito! Sono solo due pagine!»

Antonio Franchini sospira.

Si gratta la testa.

Apre il plico.

Guarda le pagine.

In realtà sono tre.

Sulla prima c'è scritto:

Giangianni Ritrovati

La sparizione di me

ROMANZO

«Il nom de plume che mi sono scelto e il titolo sono volutamente un omaggio letterario a Gianluigi Ricuperati, dottor Franchini, il giovane maître à penser della crossdisciplinarietà, che lei senz'altro conoscerà: chi non lo conosce? Ma tenga presente che il titolo è provvisorio» mi affretto a dirgli. «Lei che è così bravo in queste cose ne troverà senz'altro uno più efficace.»

Antonio Franchini tace.

Deve essere uomo di poche, ma meditate parole.

Si vede subito.

E adesso che fa?

Gira.

Cautamente.

Il foglio.

Bene!

Senza ancora sapere che in realtà quello che sta per iniziare a leggere è il Grande Romanzo Italiano.

Altro che Piperno.

O Missiroli.

Oh mio Dio.

Ho le gambe molli per l'emozione.

Le farfalle nello stomaco.

Dolori mestruali intestinali.

Perché Antonio Franchini inizia a leggere.

Inizia a leggere le nuove prime due pagine del mio romanzo.

Il Grande Romanzo Italiano.

Che sorprenderà Antonio Franchini.

Perché è volutamente provocatorio.

Perché rompe le regole codificate del romanzo contemporaneo.

Perché è un testo fuori dagli schemi.

Perché ha una voce forte.

Personale.

La mia voce.

C'è scritto:

Vai a fare in culo, Giuseppe Culicchia. Vai a fare in

culo, Giuseppe Culicchia. Vai a fare in culo, Giuseppe Culicchia.

Antonio Franchini alza gli occhi dalle mie pagine.

Mi guarda.

Ha un'aria... non saprei.

Forse... incuriosita?

Sì, direi incuriosita.

Molto bene.

Decido all'istante di cavalcare la cosa.

«Che ne dice? Lo so, è fuori dagli schemi. Ma proprio per questo potenzialmente è una bomba, non crede? Sa, avevo iniziato a scrivere la storia di un tenore che, rimasto senza lavoro per via dello spread e della crisi, si era ridotto a cantare per strada. Cominciava con lui che cercava lavoro a Porta Palazzo, per montare i banchi del mercato, solo che anziché Porta Palazzo avevo pensato di usare Port Palace, così da rendere tutto più internazionale, com'è nello stile di Baricco, perché sa anch'io anni fa ho fatto la Holden, ma senza alcun plagio. Ad ogni modo lì a Port Palace questo tenore s'imbatteva in un tipo, laureato in Lettere Classiche, che però faceva il caporale. Insomma: l'allegoria di un Paese in declino a causa dei tagli alla cultura, con i cervelli che fuggono all'estero eccetera. Ma poi mi sono detto: qui bisogna scrivere una cosa dirompente, divellere le regole narrative e le convenzioni di questo nostro mercato editoriale ormai asfittico e omogeneizzato, e irrompere sulla scena letteraria con una voce davvero innovativa, uno stile assolutamente personale, direi addirittura tellurico. Non crede?»

Antonio Franchini mi stringe di nuovo la mano. Mi fa:

«La ringrazio molto. Le farò sapere.»

Dopodiché, senza aggiungere altro, se ne va.

Lo guardo allontanarsi tra le masse che affollano il Salone del Libro. In effetti si vede che fa arti marziali.

La ringrazio molto, mi ha detto. *Le farò sapere.*

La ringrazio molto.

Le farò sapere.

La ringrazio molto.

Le farò sapere.

Esco all'aperto, ancora stordito, nel tentativo di sottrarmi al frastuono tremendo del quinto padiglione.

Devo analizzare le cose con calma. Tenendo presente che con ogni evidenza Antonio Franchini è uomo di poche, ma meditate parole. Beh, quel *molto* mi pare decisamente positivo, no?

Mi guardo attorno.

Antonio Franchini è scomparso in una selva di visitatori. Frugo le tasche della giacca in cerca del cellulare. Ho le mani sudate. Lo trovo. Chiamo Selvaggia.

«Amore! Ho appena fatto leggere le prime due pagine del romanzo ad Antonio Franchini!»

«Oh, minchia, era ora! E lui?»

«Lui è uomo di poche, ma meditate parole. Comunque devo averlo colpito perché ha insistito per leggersele subito, all'istante, ti dico che era parecchio incuriosito, voglio dire, non è che succede tutti i giorni di imbattersi in un incipit così folgorante, così fuori dagli schemi, e infatti dopo che le ha lette mi ha stretto la mano e mi ha detto: La ringrazio molto, le farò sapere. Tu che dici? C'è speranza?»

«Mah... cazzo ne so... forse sì. Ti ha proprio detto molto?»

«Sì. La ringrazio molto. Con una certa enfasi sul molto. Voglio dire, detto da un uomo di poche, ma meditate parole, secondo me...»

«Bah, sì. Se le tue pagine secondo lui facevano cagare non avrebbe detto molto. Avrebbe detto la ringrazio e stop, no?»

«È quello che ho pensato. E sai che c'è? È tutto merito tuo.»

«Perché?»

«Sei stata tu a sbloccarmi, dicendomi che dovevo scrivere quello che sentivo. Vedrai, ora lo finisco, il Grande Romanzo Italiano. E diventiamo ricchi.»

«Speriamo guarda, perché io mi sono veramente rotta i coglioni che non ho di 'sti cinquantenni bavosi che pensano di potermi scopare solo perché faccio 'sto lavoro del palo. Comunque per ringraziarmi potresti anche portarmi a cena fuori.»

Con Selvaggia

Con Selvaggia mi sto godendo una cenetta niente male a base di polpette di carne e patate al forno nel dehors di un ristorantino tedesco di via Stampatori, La Deutsche Vita, gioco di parole escogitato dalle due proprietarie, crucche ma simpatiche. Il locale, che in quanto traduttore se non fosse per Selvaggia non potrei permettermi, ma che quando venderò due o tre milioni di copie col mio Grande Romanzo Italiano potrò comprarmi, è pieno di gente del mondo dell'editoria. Nei giorni del Salone del Libro è sempre così, la città si riempie di editori milanesi e romani e direttori di collana e addette ai vari uffici stampa e autori e editor e semplici redattori, e due tavoli più in là rispetto a quello dove sediamo noi riconosco alcuni degli autori pubblicati negli ultimi anni in Italia dalle maggiori e più importanti case editrici, tra cui Barbara d'Urso, e Selvaggia Lucarelli, e Guia Soncini, e Benedetta Parodi, e subito dietro se non sbaglio ecco Chiara Ferragni con l'inseparabile Fedez, e insomma sono felice per il solo fatto di essere riuscito a far leggere le mie due pagine ad Antonio Franchini e di trovarmi qui ora. Ah, la vita da scrittore. Che meraviglia. Su e giù per l'Italia, invitato con tutti gli onori a presentare il mio libro salutato dalla critica come il Grande Romanzo Italiano, e alberghi e pasti gratis, e voli in business, e Frecciarossa in prima classe. E poi i premi a cominciare dallo Strega, e le interviste, e di sicuro anche la tivù. Sono a dir poco entusiasta. Mi sento trent'anni di meno. Sprizzo ottimismo da tutti i pori.

«Ci pensi, Selvaggia? Ci pensi?»

Selvaggia tace. Prima di venire qua si è fatta una canna. Perciò ora si è chiusa. Ma guai a dirglielo, perché s'incazza.

«Ci pensi, Selvaggia?» ritento.

«A che cosa?» mi chiede lei, cercando di infilzare un wurstel che però le sfugge.

«Al fatto che Antonio Franchini ha letto le prime due pagine del mio nuovo romanzo.»

Selvaggia tace. Con la sua forchetta continua a cercare di infilzare il würstel. Il würstel continua a sfuggirle.

«E non solo le ha lette, ma mi ha anche detto, testuali parole: *La ringrazio molto.*»

«Cazzo di würstel» sbotta lei.

«Per poi aggiungere: *Le farò sapere.*»

Selvaggia fissa il wurstel con occhi sbarrati. Deve essersi fatta una canna piuttosto potente.

«Selvaggia? Vuoi una mano?»

Lei beve un lungo sorso di birra, poi si scuote e mi fa:

«Sai, in realtà... ci ho pensato... oggi...»

Si blocca.

«A che cosa?» le chiedo.

«Mentre... mi allenavo... al palo...»

Si blocca di nuovo.

«Va' avanti» cerco di spronarla.

«Può anche darsi...»

Si blocca ancora.

«Può anche darsi?» indago.

«Può anche darsi...»

Niente da fare.

Fissa il wurstel.

«Può anche darsi?» insisto.

«Ma, non so... può anche darsi... che con quel *molto*... volesse farti capire qualcosa.»

«Tipo tipo tipo?»

«Cazzo ne so.»

Mi guardo attorno un filo allarmato, in questo momento così delicato non posso permettermi figuracce, ma per fortuna tutti chiacchierano e nessuno deve aver sentito niente, nemmeno Barbara d'Urso e Benedetta Parodi.

«Tipo?» torno alla carica.

«Mah... tipo che... quel Franchini... potrebbe anche decidere...», afferra la senape e ne versa un paio di cucchiaiate sopra il wurstel, «di puntare su di te... farti invitare da Fazio... finire in copertina su "Vanity Fair"... candidarti a un premio importante... cose così.»

«Tu credi?»

Manda giù un altro sorso di birra. Si scuote.

«Più che crederci prego che sia così... non la reggo più questa nostra vita da sfigati...»

«Lo sapevo. Ti sei fatta una canna, e quando ti fai le canne ti chiudi e diventi di cattivo umore.»

«NON È VERO CHE QUANDO MI FACCIO LE CANNE MI CHIUDO E DIVENTO DI CATTIVO UMORE!» urla lei.

Intorno a noi scende il silenzio.

Tutti ci guardano.

Anche Guia Soncini e Chiara Ferragni.

Avvampo.

Per fortuna il Grande Romanzo Italiano non l'ho ancora pubblicato, altrimenti sai che figura di merda?

«Selvaggia, per favore...» le sussurro.

«CAZZO AVRANNO DA GUARDARE QUESTI!?»

Dagli altri tavoli tutti distolgono lo sguardo e riprendono a parlare, temo di noi.

«Ehm... dicevi, Selvaggia?»

«Boh... ah, sì, che non la reggo più, questa nostra vita da sfigati. Ma 'sti editori non sono sempre a caccia di esordienti da lanciare?»

«Beh, sai, io non sono proprio un esordiente. Ho già tre romanzi alle spalle.»

«Sì, però li hai pubblicati con quel cazzo di micro editore e non

se ne è accorto nessuno, giusto?» mi fa lei, spalmando di senape il wurstel. Se non altro sembra essersi sbloccata.

«Giusto» sospiro.

«Ma in questo caso sarebbe un vantaggio, no? Chi ti conosce, in Italia? Nessuno.»

«Già, per fortuna» ammetto, guardandomi attorno.

«Perciò potresti anche chessò, ricorrere a un nome di fantasia ed esordire con quello. O no?»

«Vuoi dire... uno pseudonimo? Come Aldo Nove?»

«Ecco.»

Afferra il wurstel con le dita e si mette a leccare la senape. De Carlo torna a guardarla.

«Già fatto» le dico. «E mi lascio anche crescere la barba. Così eventuali lettori che avessero letto gli altri miei libri non potranno assolutamente riconoscermi. Che ne dici?»

«Basta che se qualcuno vuole farne un film, tu metti come condizione che non gli vendi i diritti se non fanno recitare me.»

Quindi attacca a fare scarpetta.

Con le dita.

Mi guardo di nuovo attorno.

Per fortuna tranne Fedez nessuno le bada.

Selvaggia è fatta così.

Il foglio bianco

Il foglio bianco.
Eccolo qua.
Tu hai paura del foglio bianco, dice Mordecai.
No, Mordecai caro.
Io non ho paura del foglio bianco.
Il foglio bianco non mi fa paura.
Il foglio bianco sta dentro il computer.
Io sto fuori.
È il foglio bianco che deve aver paura di me.
Mi basta premere un tasto e ciao ciao foglio bianco.
Non ci sei più.
Sai che ti dico, foglio bianco?
Vai a cagare, foglio bianco.
Mi hai sentito?
Vai a cagare.

Sono ben cinque settimane ormai

Sono ben cinque settimane ormai che Antonio Franchini non si fa vivo e che aspetto di sapere che intenzioni ha riguardo al mio romanzo. Dato che lui non si fa vivo io non riesco a scrivere, e mi limito a tradurre l'intangibile Bruce Sterling, il noto profeta della letteratura cyberpunk, una fatica immane in cambio di dodici euro lordi a cartella. Nel frattempo la barba mi è cresciuta con una rapidità sorprendente. E dopo una fase iniziale, improntata al solletico e a dire il vero un po' fastidiosa, ora devo dire che mi ci sono abituato e che mi piace.

Naturalmente nel corso di queste cinque settimane ho fatto innumerevoli tentativi per bypassare il centralino della Giunti e parlare di persona con Antonio Franchini. Ma non c'è stato verso. In casa editrice devono aver fatto tesoro delle cose raccontate da Antonio Franchini in *Cronaca della fine,* e difendono il loro editor in chief come nemmeno gli Spartani le Termopili. Certo potrei andare in sede di persona e cercare di farmi ricevere, ma così gli ricorderei di sicuro Dante Virgili, il tipo che lo ha perseguitato per anni, e non mi pare il caso. Anche per non pregiudicare le mie chance. Sta di fatto che dopo otto ore di duro lavoro su quella sorta di Stele di Rosetta non ancora decrittata che è il romanzo di Bruce Sterling, esco a farmi una passeggiata, da solo perché Selvaggia è in palestra ad allenarsi per la pole dance, e a un tratto mi viene voglia di prendere un gelato da Fiorio.

Dato che Giuseppe Culicchia lo citava in *Tutti giù per terra*, e che ci hanno anche girato una scena del film tratto dal romanzo, non ho mai più messo piede nello storico caffè di via Po. Ma a questo punto sono passati vent'anni, e mi pare possano bastare. Quando arrivo, trovo la classica coda davanti allo sportello all'angolo con via Bogino, dove da sempre qui da Fiorio si vendono i coni da passeggio, e decido di unirmi alla medesima. Dopo un paio di minuti, noto una ragazza che mi guarda con una certa insistenza, e d'istinto porto una mano ai capelli. Che mi abbia cacato in testa un piccione? Mi tasto a più riprese. No, non mi pare. La ragazza mi sorride timidamente, ma avrà meno della metà dei miei anni e non è neppure il mio tipo, perciò la ignoro. Aspetto il mio turno alle spalle di una vecchia pelle e ossa con i capelli tinti di rosso carminio, dopodiché mi faccio sotto e ordino.

«Un cono al gianduja.»

«Solo gianduja?» si accerta il gelataio.

«Solo gianduja.»

Il gelataio prepara il cono e me lo porge attraverso lo sportello. Pago. E faccio giusto un paio di passi di lato, accingendomi ad assaggiarlo, che la ragazza di prima mi si para davanti. Mi sorride di nuovo. Ma che vuole? Sarà affetta da gerontofilia? Possibile che per una volta in vent'anni che vengo da Fiorio non posso gustarmi il mio cono al gianduja in pace?

«Mi scusi» mi fa, «lei... per caso... è... Nanni Moretti?»

Strabuzzo gli occhi.

«No. Io non sono Nanni Moretti» sibilo, cercando di allontanarmi all'istante ma rimanendo incastrato nella coda, che nel frattempo è aumentata.

«Hai visto?» sento la voce della ragazza alle mie spalle. «Che ti avevo detto! È proprio Nanni Moretti! E poi ha pure preso un cono tutto al cioccolato!»

Roba da matti.

In palestra

In palestra, dove vado ogni tanto per fare un po' di cyclette o di tapis roulant visto che per il resto me ne sto tutto il tempo seduto a tradurre quel genio postumo, almeno per quanto mi concerne, di Bruce Sterling, il sagace profeta della letteratura cyberpunk, oppure a scrivere o almeno a cercare di scrivere il Grande Romanzo Italiano senza perdermi tra i tweet e i post super-intelligenti e va da sé crossdisciplinari di Gianluigi Ricuperati, m'imbatto in Cristiana. Diciassette anni. Fa atletica da qualche parte. Ogni tanto si allena qui. Tette su e giù. Coda di cavallo, come peraltro. Colore del miele di castagne. Peli pubici. Che mai ho visto, annusato, sfiorato. Leccarti la figa, Cristiana. Quale che sia la tonalità. Selvaggia per esempio mi ha fregato. Lei, rossa di sopra, di sotto è bionda. Ma non pensiamo a Selvaggia. Non è né il momento né il luogo.

«Ciao Cristiana!» saluto la diciassettenne con la mia voce più giovanile e squillante.

Lei mi guarda.

«Ma lei è... quel regista?»

Non ci posso credere.

«Com'è già che si chiama?»

Cristiana mi ha visto.

«Piace tanto a mia mamma, lo sa?»

Cristiana mi sta parlando.

«Posso chiederle un autografo per lei?»

Cristiana vuole un autografo. Corre al desk dove gli istruttori tengono i programmi di lavoro dei clienti. Confabula con una tipa che non conosco ma che lavora qua, forse è la segretaria della palestra. La tipa che non conosco mi guarda con l'aria di una che mi conosce. Dice qualcosa a Cristiana. Lei torna di corsa con carta e penna.

«Ecco.»

«Che devo scrivere?» le chiedo.

«Beh, il suo nome.»

«Quale nome?»

«Nanni Moretti.»

«Ah, giusto. Nanni Moretti.»

«Beh, grazie ancora davvero! Mia mamma sarà felicissima.»

Mi sorride. Dopodiché va al quadro svedese. Ed ecco Claudio. Calciatore. Capelli neri. Cerchietto. Fisico perfetto. Tatuaggi. Gambe depilate. Venticinque anni. Manina. Fusa. Chiacchierare. Trombata di sicuro. Vai a fare in culo, Claudio.

Mi dirigo verso il tapis roulant. Poi cambio idea e scelgo la cyclette. Attacco a pedalare guardandomi nello specchio. In effetti, ora che ci faccio caso, con la barba assomiglio proprio a Nanni Moretti. Il regista che piace tanto alla mamma di Cristiana. Non a Cristiana. Alla mamma. E come sarà la mamma di Cristiana? Magari adesso che Cristiana torna a casa e dice alla mamma che in palestra ha incontrato Nanni Moretti la mamma di Cristiana la prossima volta viene in palestra pure lei. Ma se Cristiana ha diciassette anni la mamma di Cristiana ne avrà come minimo trentasette. Uno in più di Selvaggia. E ammesso che sua figlia abbia preso da lei, scoparsela pensando alla figlia non sarebbe comunque granché. O no?

Ai Murazzi

Ai Murazzi non scendo da una vita: me ne rendo conto nell'istante in cui, arrivato al fondo di piazza Vittorio, imbocco la discesa d'asfalto che porta al fiume.

Ma perché sono venuto fin qua? Non lo so. Sarà che sono uscito di casa praticamente in trance, la testa che fumava a causa del filo da torcere che mi stanno dando da un lato l'inenarrabile Bruce Sterling e dall'altro l'attesa di conoscere il giudizio di Antonio Franchini in merito alle prime due nuove pagine del mio Grande Romanzo Italiano. Sia come sia, anche se è l'una del pomeriggio, mentre scendo vengo attraversato da un flash e per un istante è come se per il solo fatto di trovarmi qui venissi teletrasportato indietro nel tempo, un tempo condensato in una specie di unica, lunghissima notte, fatta di tutte le notti che in vita mia ho trascorso da queste parti.

Luci strobo e corpi sudati e droghe e alcool e insomma tutto il catalogo dalla A alla Z, e quella volta che un tizio si era presentato alla sua festa di compleanno vestito da sommozzatore con tanto di pinne occhiali e respiratore, e i mojito al Beach e i concerti da Giancarlo e l'after al Sax e quella tipa che mi sono fatto dietro la consolle quella volta che suonava Pisti e la tipa che mi ha spompinato al Jammin' e la tipa che ho scopato sulla terrazza del Fluido e la tipa con cui abbiamo limonato per ore su un prato dietro al Cacao ma che poi non me l'ha data perché diceva di avere la mononucleosi, e dappertutto le interminabili code ai cessi. E poi BUM, di colpo, la

consapevolezza: è tutto finito, andato, chiuso, ormai ho passato i cinquant'anni e la mia giovinezza non tornerà mai più.

Mai più.

Dio mio che espressione terribile.

Mai più.

E che cosa mi è rimasto di tutti quegli anni, oltre al fegato leggermente ingrossato e a una saltuaria ma dolorosissima propensione alle coliche renali?

Un cazzo. Forse anche perché non ho mai avuto la forza o la debolezza di andare a cercare su Facebook tutte le ragazze con cui mi sono accoppiato prima di incontrare Selvaggia, e di scoprire quanti chili e quante rughe hanno messo su, e quanti figli hanno fatto, e con chi, e quanto si è allargata la loro famiglia con l'affastellarsi di compagni e mariti e fidanzati o quale abisso di solitudine traspaia dalla foto che hanno scelto per il loro profilo, dove di capelli grigi non c'è l'ombra e il sorriso che in realtà è una piega amara si sforza di apparire *solare*, ma gli occhi anziché sprizzare felicità gridano disperazione. E dire che adesso è pomeriggio, e c'è il sole, e incrocio coppie a passeggio, tre o quattro ciclisti, qualche malato di jogging. Nel senso: sembra un posto come un altro, un lungofiume come tanti, e invece è il mausoleo maleodorante e ingombro di residuati della mia, della nostra giovinezza. Spogliato di tutto, tra l'altro. Perché ora che ci faccio caso tutte le arcate sono sprangate, e non c'è più traccia dei dehors, a parte qualche tavola di legno dimenticata nei pressi degli argini e qua e là viti, rotelle, bulloni. Allora mi viene in mente che di recente il Comune ha revocato le licenze ai proprietari dei locali, in arretrato con gli affitti da anni. E focalizzo che è da quando ero ragazzo e andavo ancora all'università che non mi capitava di vedere i Murazzi così, con le arcate sprangate e senza dehors. E il fiume.

Già, come ho fatto a dimenticarlo? Un giorno, un corteo funebre di giovani invecchiati come me nel corso di questa lunghissima notte che piano piano e poi di botto si è risucchiata i nostri venti, trenta e quarant'anni ha perfino celebrato il funerale dei Muri.

Che poi, a ben vedere, era il funerale della loro, della mia, della nostra giovinezza. Frugo tra i ricordi alla ricerca dei nomi corrispondenti a una serie di volti che si affacciano dai buchi della memoria. Come si chiamava quella barista gentile che non mi faceva mai pagare la consumazione? E quel pierre stronzo con cui mi sono picchiato perché ci provava con la tipa con cui uscivo quell'estate? E dj Zombi, che quando ne avevo bisogno mi prestava la casa? Spariti, tutti. Una che faceva la cassiera e salcazzo come si chiama so che si è trasferita in Brasile e ha aperto un bed & breakfast. Un'altra che aveva un tatuaggio con il Giudizio Universale sulla schiena ora sta a Pantelleria e ha avuto un paio di figli da uno del posto. Poi c'è quella che anche se non l'avresti mai detto da come si sfondava ha aperto uno studio notarile tutto suo, e quell'altro che sembrava lanciato per diventare il nuovo David Guetta che adesso fa il barista in piazza Carlo Alberto. E poi Allegra. Allegra con cui ho avuto quella storia. Appena tre mesi. Forse in vita mia sono stato davvero felice solo con lei. Ma appunto, è durata tre mesi. E rivederla a tanti anni di distanza non mi ha fatto nemmeno tanto effetto, tutto sommato. La cosa strana è che dentro mi sento ancora come se fossi un ragazzino. E invece.

E poi ci sono quelli che sono già morti. Il primo e il più generoso al Sónar di Barcellona, gli altri chissà.

Mi fermo all'altezza del Monte dei Cappuccini. Dall'altra parte del fiume due ragazzini giocano a tennis al Circolo Esperia. Il rumore dell'acqua che scorre mi impedisce di sentire i colpi prodotti dall'impatto delle racchette con la pallina.

Anche io sono stato ragazzino.

Anche io ho giocato a tennis.

Potrei essere uno di loro.

Non lo sono.

Non lo sarò mai più.

Per fortuna che c'è Selvaggia

Per fortuna che c'è Selvaggia, mi dico, rincasando a pomeriggio inoltrato. Cerco di fare piano, per non svegliarla. Ma quando entro in casa, mi trovo davanti a una vecchia megera con un cespuglio di capelli grigi in testa e un vestito a fiori su cui deve essere passato un TIR carico di merda.

«Beh? Chi è lei? Com'è entrata? Che ci fa qui?»

La vecchia megera mi guarda. Tace. È una barbona, e ha l'aria di non lavarsi da un secolo. Mi sa che quando sono uscito ero così fuori che devo aver lasciato la porta aperta.

«Guardi che questa è casa mia. Se ne vada subito o la sbatto fuori io a calci.»

La vecchia megera si mette a ghignare.

«Ma un po' d'immaginazione no? E ci credo che non riesci a scriverlo, 'sto cazzo di romanzo» mi fa.

La vecchia megera si toglie il cespuglio di capelli grigi.

Selvaggia?

Selvaggia.

«Che ci fai conciata così?»

«È la mia Donna Molto Arrabbiata Numero Dieci. Che è molto arrabbiata per il fatto di essere invecchiata e perché non ha una pensione, col risultato che è finita per strada.»

«Beh, anch'io sono molto arrabbiato per il fatto di essere invec-

chiato e perché non avrò una pensione. Ma ti hanno cambiato il giorno di riposo?»

«No, mi hanno licenziata.»

«Licenziata? E perché?»

«Hanno preso una nuova pole dancer. Polacca. Una puttanella di vent'anni.»

«No» le dico, basito.

«Sì.»

«E adesso? Che facciamo?»

«Cazzo ne so.»

L'abbraccio.

«Sto invecchiando anch'io, sai?» mi fa.

«Ma che dici? Hai trentacinque anni e ne dimostri dieci di meno, se non ti conci così.»

«Ne ho trentasei.»

«Una ragazzina.»

«No. La ragazzina è la polacca.»

«Ma dimmi un po', ti hanno fatta fuori perché non gliela davi?»

«No. Mi hanno fatta fuori proprio perché hanno pensato che una polacca di vent'anni fosse meglio di me. Porca troia.»

«Chi? La polacca?»

«No, dicevo in generale.»

«Beh, ci sarà un altro locale dove puoi cercare lavoro.»

«Negli altri locali bisogna fare anche altre cose che a me non va di fare.»

«E con me ti va di farle?»

«Ma ti sembra il momento?»

Guardo com'è conciata. In effetti, non è il momento.

«Tu dove sei stato?» cambia discorso lei.

«Non riuscivo più né a tradurre né a scrivere, e dopo pranzo mi sono fatto una passeggiata fino ai Muri.»

«Come mai ci hai messo così tanto?»

«Mi sono fermato un po' a pensare.»

«Pensare a cosa?»

«Al fatto che sto diventando vecchio, sul serio, non come te che hai ancora trentasei anni.»

«Ma che cazzo dici? Sei uno splendido cinquantenne.»

«Sì, può darsi... ma non ho più né venti né trent'anni, e nemmeno quaranta. E non li avrò mai più. Mai più, capisci?»

«Bah, a me sembra che abbiamo cose più urgenti a cui pensare. Come cazzo facciamo a tirare avanti? Tu traducendo tiri su a malapena mille euro al mese. Io sono appena stata licenziata. E 'sto benedetto libro che dovresti scrivere non lo stai scrivendo. Che si fa?»

Taccio.

Già.

Che si fa?

Al supermercato

Al supermercato da un giorno all'altro mi sembra tutto carissimo. Per dire: una confezione da settanta grammi di valeriana, la mia insalata preferita, costa novantanove centesimi. Col fatto che Selvaggia al momento è rimasta senza lavoro e che io guadagno a malapena mille euro al mese... possiamo permetterci... dunque... per fare un chilo occorrono mille grammi... mille per settanta fa settantamila... settantamila diviso mille fa di nuovo settanta... perciò se non vado errato settanta chili di valeriana al mese... che diviso trenta fa... più o meno... due chili e trecento grammi di valeriana al giorno... che corrispondono all'incirca a... trenta confezioni di valeriana... dunque quindici a testa... cinque a colazione, cinque a pranzo e cinque a cena... però senza pane... senz'acqua... senza niente altro... no, è evidente che non possiamo campare solo di valeriana... e poi un momento, ci sono tutte le altre spese... l'affitto che si porta via cinquecento euro... quindi la metà di quello che entra... il che tanto per cominciare dimezza la quantità giornaliera di valeriana che ci possiamo in teoria permettere... due e mezza a colazione, due e mezza a pranzo e due e mezza a cena... ma poi ci sono le rate mensili dell'abbonamento ai rispettivi telefoni... il canone fisso per il wi-fi... le bollette di luce e acqua e gas... metti pure che non si mangi più fuori... metti anche che non si vada più al cinema... però ci sono i detersivi... le paste di meliga che io adoro...

«Scusi, mi fa passare?»

Mi giro. Una tipa con l'aria da impiegata. Beata lei. In effetti è da un po' che sono piantato col mio carrello davanti al reparto dove tengono la valeriana.

«Prego» dico facendomi da parte, «passi pure.»

La tipa con l'aria da impiegata passa.

Io ripongo la confezione di valeriana da settanta grammi assieme alle altre. E faccio per dirigermi verso il settore dove tengono i corn flakes, per vedere se per caso con mille euro al mese convengano di più rispetto alla valeriana, quando la tipa con l'aria da impiegata torna indietro. E mi fa:

«Mi scusi, ma lei è... Nanni Moretti?»

Al mercato

«Al mercato, Selvaggia, sono al mercato. Pronto? Mi senti?»

Per risparmiare mi sono spinto fino a Port Palace, cioè a Porta Palazzo, e ora che ci faccio caso non capisco come abbia potuto pensare di ambientare proprio qui la scena iniziale, che poi per fortuna ho cestinato, del mio Grande Romanzo Italiano, specie rifacendomi allo stile del Magister Massimo Alessandro Baricco. Voglio dire, Porta Palazzo anche se la chiami Port Palace non sarà mai un posto di quelli che Alessandro Baricco metterebbe in uno dei suoi libri.

E i tram che sferragliano e i clacson che strombazzano e le gomme che stridono e FORZA MASSAIE POMIDORI E MELENZANE UN EURO AL CHILO FORZA MASSAIE e le scavatrici che scavano e i martelli pneumatici che pneunomartellano e i portoni che cigolano e le porte che sbattono e i tacchi che ticchettano e i camion che rombano e CHI PISCI CHI PISCI CHI PISCI MA QUANT'È FRISCU 'STU PISCI UN ROMBO SETTE EURO FORZA e i televisori che rimbombano e gli autobus che frenano e le radio che strepitano e i vigili che fischiano e le moto che sgommano e le bici che filano e i campanelli che squillano e i bambini che strepitano e MOZZERELLE DI PUGLIA FRESCHE FRESCHISSIME DALLA PUGLIA PREGO SIGNORA ASSAGGI QUESTO GRANA e gli operai che vociano e le gru che gruano e gli scalpelli che scalpellano e i trapani che trapanano e le cazzuole che cazzuolano e i vetri che tremano e le sirene che suonano e i cani che abbaiano e le obliteratrici che non obliterano per-

ché qui sono tutti portoghesi e FORZA MADAMINE FORZA ARANCE DI SICILIA APPENA ARRIVATE ESPRESSE DA BAGHERIA FORZA e...

«Selvaggia, mi senti?»

Macché.

A un tratto una mano mi tocca. Mi giro di scatto, pronto ad affrontare un borseggiatore. Invece è un ragazzo vestito di nero dalla testa ai piedi a parte una sciarpetta grigio antracite, gli occhiali dalla spessa montatura nera.

«Scusi» mi fa, «sono uno studente di cinema.»

«Embè?»

«Niente, volevo solo stringerle la mano.»

Mi porge la destra.

Lo guardo stupito.

Gliela stringo.

«È un vero onore» arrossisce. «Conosco a memoria tutti i suoi film.»

«Quali film?»

«Tutti. Mi perdoni se l'ho disturbata. Lo so che lei è molto riservato. Non si preoccupi, non le chiedo certo di farci un selfie per poi postarlo su Facebook. Selfie? Postarlo? Facebook? Ma come parlo?»

Lo guardo interdetto.

«Cos'è, è qui per un sopralluogo? Vabbè, scusi davvero, mi sto allargando troppo. Comunque grazie mille ancora per tutto quello che ha fatto. E arrivederci, spero.»

E se ne va.

Mordecai

«Mordecai, tu mi devi aiutare. Sul serio.»

«E come faccio ad aiutarti? Mica posso scrivertelo io questo tuo Grande Romanzo Italiano.»

«No, però puoi sollecitare Antonio Franchini per avere una risposta.»

«Ma a Franchini non hai dato da leggere solo le prime due pagine?»

«Beh, sì. Anche perché scusa, metti che io gli avessi dato tutto il romanzo e poi magari lui lo dà da leggere a qualcun altro perché non ha tempo e questo qualcuno mi ruba l'idea. Succede, sai? L'unica, in questi casi, è depositare tutto preventivamente in Siae, solo che costa un pacco.»

«Eh, sì, tutto costa, nella vita. Anche aver fatto le scuole con uno come te costa.»

«Che vuoi dire?»

«Niente, niente. Senti, ora però ti devo lasciare. Ho qui davanti a me una persona con cui ho un appuntamento di lavoro. Dicesi appuntamento di lavoro.»

«E perché, con me non stai parlando di lavoro?»

«Quale lavoro, Bruno?»

«Mordecai, ascolta: io devo firmare un contratto per il Grande Romanzo Italiano. Se lo vuole Franchini bene, altrimenti chiediamo a Einaudi, Feltrinelli, Adelphi, Mondazzoli, Garzanti, Guanda,

minimum fax, Longanesi. A tutti fuorché alle Edizioni Almacero. Anche perché Selvaggia ha appena perso il lavoro, per cui ora io e lei ci ritroviamo a dover campare con le mie traduzioni. E sai quanto danno in Italia a cartella per una traduzione? Dieci, massimo dodici euro. Lordi. Su cui poi devi pagarci le tasse. E senza contributi previdenziali, senza ferie retribuite, ovvio. Un lavoro a cottimo, praticamente. E come se non bastasse con tempi di pagamento biblici, rispetto alla consegna del testo. Una volta si parlava di due o tre mesi, ora che c'è la crisi arrivano anche a sei. E come si può pensare di campare così? Senza contare che la traduzione a cui sto lavorando è una roba di una difficoltà immensa. Hai presente Bruce Sterling, l'oscuro profeta della letteratura cyberpunk? Ecco. Sto traducendo un suo libro, e sarà che è un genere molto distante dai miei gusti personali, ma ci sto mettendo una vita. Ecco perché ti dico che mi devi aiutare, Mordecai. Mica ti chiedo la luna. A me a questo punto basta che Antonio Franchini mi dica un sì o un no. Perché se è sì, allora galvanizzato dal suo sì accantono un momento Bruce Sterling e ricomincio subito a lavorare al Grande Romanzo Italiano, e se per caso fosse un no mi rivolgo, cioè ci rivolgiamo visto che il mio agente sei tu, a un altro editore, giusto? Mordecai? Mordecai, mi senti? Mordecai?! Pronto! Pronto! Mordecai?»

Ha riattaccato.

Succede così

Succede così.

Succede che Selvaggia si decide a mostrare le sue fotografie alla Galleria Persano di piazza Vittorio, dove sono molto gentili ma la portano davanti a un paio di originali di Cindy Sherman e lei, che non è affatto una sciampista, capisce al volo l'antifona, piglia e porta a casa.

Succede che io ci do dentro alla disperata con l'impenetrabile libro dell'imperscrutabile Bruce Sterling, il fantasmatico profeta della letteratura cyberpunk, e finalmente me lo levo dai coglioni, ma alla consegna del testo mi sento dire che me lo pagheranno non subito bensì al più presto, cioè non prima di un anno, se tutto va bene.

Succede che Selvaggia cerca lavoro come cameriera barista commessa cassiera maschera aiuto-cuoca vetrinista assistente alla fotografia insegnante di pole dance e perfino sciampista e che però dovunque vada le mostrano elenchi lunghi chilometri di ragazze in cerca di occupazione più giovani di lei che hanno lasciato nome cognome numero di telefono e curriculum vitae.

Succede che io chiamo e richiamo a manetta sia Mordecai sia Antonio Franchini ma non riesco più a parlare né con il primo né con il secondo, cosa che a questo punto mi fa pensare che si siano messi d'accordo per boicottare me e il Grande Romanzo Italiano dando infine ragione alla mia teoria del complotto.

Succede che Selvaggia una sera, e cioè stasera, mi dice vieni che

ti invito a cena e io la guardo basito e lei mi fa non preoccuparti e io allora penso che finalmente abbia trovato un nuovo lavoro e voglia festeggiare e allora la seguo e lei insiste per andare al Mare Nostrum, il carissimo ristorante di pesce di via Matteo Pescatore, la via nota in tutta la città per il fatto che da una certa ora in poi nessuno degli abitanti della medesima riesce più a dormire a causa dei locali che vendono superalcolici a basso prezzo provocando assembramenti mostruosi di adolescenti ubriachi, e che dopo aver mangiato pasta con le sarde e capesante alla griglia e spigola al forno ci portano il conto.

Succede che io lo guardo e dico:

«Beh, spero che ti abbiano dato un anticipo sul tuo nuovo lavoro.»

«Quale nuovo lavoro?» mi chiede Selvaggia.

«Credevo che mi avessi invitato fuori perché volevi festeggiare un nuovo lavoro.»

«Non ho trovato nessun nuovo lavoro.»

«E dimmi» le sussurro sporgendomi verso di lei, «come facciamo a pagare il conto?»

«Non lo paghiamo.»

«Non lo paghiamo?»

«Scappiamo.»

«Scappiamo?»

Senza darmi modo di aggiungere altro si alza. La nostra cameriera sta servendo un altro tavolo.

«Via!» mi fa Selvaggia.

E si lancia in strada verso la folla di adolescenti ubriachi.

E la cameriera si volta e mi guarda.

E io rimango pietrificato.

E la cameriera chiama il proprietario.

E il proprietario mi guarda a sua volta.

E dice qualcosa alla cameriera.

E si precipita al nostro tavolo.

«Maestro» mi fa, prendendo il conto e dandogli un'occhiata. «Ci scusi, la cameriera non l'ha riconosciuta. Ha gradito le nostre proposte?»

«Molto.»
Appallottola il conto.
«Possiamo offrirle un limoncello? Tra l'altro ci piacerebbe offrirlo anche alla sua signora, è andata a recuperare la macchina?»
«Forse.»
«Ah, allora avete fretta, capisco. Comunque siete miei ospiti. E quando volete, siamo sempre aperti. Se poi avesse qualche esigenza particolare, un colpo di telefono e l'accontentiamo. Per Lei andiamo a prendere il pescato del giorno direttamente a Mazara del Vallo.»
Mi dà la mano.
Gliela stringo.
«Buonasera. E torni a trovarci, mi raccomando!»
«Buonasera» farfuglio, ed esco.
Raggiungo la folla di adolescenti ubriachi.
E mi incaglio.
Ma la mano di Selvaggia mi recupera.
«Oh, ma dov'eri?»
Mi tira via, mettendosi a correre.
«Aspetta!» le grido.
«Ma che aspetta?»
Senza mollarmi continua a correre come una dannata.
«Aspetta, Selvaggia! Aspetta!»
«Col cazzo che aspetto! Muoviti!»
Arranco dietro di lei. E corriamo e corriamo e corriamo. E la vista mi si annebbia.
«Ma scusa» mi fa Selvaggia quando sfiniti ci fermiamo in una traversa dietro piazza Maria Teresa, io con la lingua di fuori e piegato sulle ginocchia, lei col fiatone. «Voi a vent'anni non facevate gli espropri proletari?»
«Noi? Noi chi?»
«Tu e quelli della tua generazione.»
«No, guarda che ti sbagli di un decennio. Io e quelli della mia generazione avevamo vent'anni negli anni Ottanta, non negli anni Settanta.»

«E non eravate tipo superpoliticizzati?»

«Scherzi? Noi ci siamo beccati in pieno l'edonismo reaganiano, Margaret Thatcher, le tivù di Berlusconi.»

«Quelle me le sono beccate anch'io.»

«Beh, certo, tu ci sei nata. Io invece ho fatto in tempo a vedere quello che c'era prima. Ma ho sempre avuto l'età sbagliata: nel '68 avevo tre anni, nel '77 dodici, e all'epoca della Pantera ero fuoricorso.»

«Io comunque lo rifaccio.»

«Rifai cosa?»

«Scappare senza pagare.»

«Ma che dici? Ci hanno offerto tutto, volevano pure riempirci di limoncello.»

«E perché?»

«Perché da quando porto la barba mi scambiano tutti per Nanni Moretti.»

«Per Nanni Moretti?»

«Eh.»

Ma io

«Ma io... io ho sempre desiderato... essere un grande scrittore... l'autore del Grande Romanzo Italiano... non Nanni Moretti.»

«Lo so, lo so. Ma ora che ci faccio caso puttana d'una vacca sei *identico* a Nanni Moretti. Non so come cazzo è che non me ne sono accorta anch'io, sarà che ti ho davanti agli occhi tutti i giorni.»

Io e Selvaggia siamo stesi sul letto l'uno accanto all'altra. Abbiamo appena scopato. Era un pezzo che non lo facevamo.

«E che dovrei fare?»

«Niente. Cioè, devi solo essere Nanni Moretti.»

«Essere Nanni Moretti?»

«Stasera quello ha pensato che fossi Nanni Moretti e ci ha offerto la cena, capisci?»

«Vabbè, metti che un altro ci offre un pranzo e un altro ancora la colazione. Però non è che posso andare al supermercato e farmi offrire la spesa, o all'azienda elettrica e farmi offrire la bolletta, o presentarmi dall'amministratore del condominio e farmi offrire l'affitto.»

«Ma io mica penso a questo.»

«E a che pensi?»

«Penso... più in grande.»

«Più in grande quanto?»

«Penso che d'ora in poi tu sarai Nanni Moretti e io... l'attrice pre-

ferita di Nanni Moretti. Anzi, no, perché io non somiglio a nessuna delle sue attrici. Io sarò... l'assistente di Nanni Moretti.»

«E che fanno assieme Nanni Moretti e la sua assistente?»

«Oh, un mucchio di cose. Vedrai.»

Selvaggia mi accarezza la barba. La barba che mi ha trasformato in Nanni Moretti.

«Ma sei sicura che gli somiglio così tanto?»

«Guarda, hai giusto bisogno di qualche ritocchino qua e là, ma sono cazzate rispetto a quello che fa Cindy Sherman. Per il resto... beh, sbaglio o quando ci siamo conosciuti mi hai raccontato quella storia di quando eri bambino?»

«Quale storia?»

«Che eri così bravo a imitare le voci che l'avevi fatto anche per una madre che aveva perso il figlio.»

«E da quel giorno ho smesso.»

«Ecco, mi sa che ora dovrai ricominciare. Prova a dirmi... Ma come parli?»

«Ma come parli?»

«No, non così. Prova a dirlo con la voce di Nanni Moretti.»

Mi schiarisco la gola.

«Ma come parli?»

«Quasi. Riprova.»

«Ma come parli?»

«Va già meglio! Riprova ancora.»

«Ma come parli?»

«Bravo! Così!»

Mi salta addosso, e mi bacia.

«Ma senti un po'» le chiedo, «Nanni Moretti e la sua assistente che assieme fanno un mucchio di cose... fanno anche quella cosa che abbiamo appena fatto?»

«Secondo me sì. E adesso la rifacciamo.»

FINE PRIMO TEMPO

SECONDO TEMPO

Essere Nanni Moretti

Essere Nanni Moretti.

Uhm.

Sembra facile.

Un maglione rosso.

Un paio di pantaloni di velluto a coste.

Oppure una polo.

Un paio di pantaloni kaki.

Già.

Per cominciare mi rivedo tutti i film, tranne *La stanza del figlio* di cui non trovo il dvd. *Caro diario* almeno venti volte, così da evitare di confondere il vero Nanni Moretti con Michele Apicella, il suo alter ego in tante altre pellicole, che forse è in tutto e per tutto Nanni Moretti, ma a ben vedere, stando alla nuda realtà, è Nanni Moretti che interpreta Michele Apicella strizzando l'occhio al pubblico come dire guardate che sto facendo Michele Apicella ma in realtà Michele Apicella sono io, cioè Nanni Moretti. Insomma: alla fine decido di concentrarmi non su Michele Apicella, che è Nanni Moretti che fa Michele Apicella che rimanda a Nanni Moretti, ma proprio su Nanni Moretti. E perciò vado su e giù per *Caro diario* premendo di continuo il tasto *rewind*, per studiare nei minimi particolari i gesti non di Michele Apicella ma di Nanni Moretti, i tic non di Michele Apicella ma di Nanni Moretti, la camminata non di Michele Apicella ma di Nanni Moretti. Quel suo modo di ride-

re alla Nanni Moretti, di scuotere la testa alla Nanni Moretti, perfino di grattarsi la schiena alla Nanni Moretti. Per giorni e giorni mi metto davanti allo specchio a figura intera dell'armadio e provo e riprovo movenze e sguardi alla Nanni Moretti. Poi però mi viene in mente che in *Caro diario*, in fondo, Nanni Moretti non è davvero Nanni Moretti, ma se vogliamo dirla tutta recita davanti alla cinepresa la parte di Nanni Moretti. In modo molto realistico, per carità, basti pensare al capitolo dedicato alla sua malattia. E però non è che ci sia una cinepresa piazzata di fianco al letto di Nanni Moretti e che si veda Nanni Moretti quando si alza la mattina dopo aver spento la sveglia, giusto? Si vede Nanni Moretti che bene o male segue le indicazioni di un copione il cui protagonista è Nanni Moretti. Allora torno agli altri film, sia quelli in cui è Michele Apicella sia gli altri, e cerco di individuare anche lì, da *Io sono un autarchico* a *Mia madre*, quanti più elementi autobiografici di Nanni Moretti, arrivando alla conclusione che, come diceva Gustave Flaubert, *Madame Bovary c'est moi.* Mi leggo tre volte la biografia del Castoro scritta da Flavio De Bernardinis, anche se la mia edizione si ferma al '96. Però non è che uno diventa Nanni Moretti così, giusto perché con la barba gli somiglia. E va bene, lo ammetto: io con la barba non assomiglio a Nanni Moretti. Sono identico. Selvaggia ha giusto dovuto aggiungermi un neo. Ma anche se a cominciare dalla sua posizione nei confronti della Nutella ho sempre stimato e apprezzato Nanni Moretti, pur trovandomi in disaccordo con lui per quanto riguarda Alberto Sordi, io non ho mai voluto essere Nanni Moretti. Io ho sempre e solo voluto scrivere il Grande Romanzo Italiano. È per questo motivo che anni fa mi iscrissi alla Holden, alla pari di Gianluigi Ricuperati. All'epoca io non sapevo che poi lui sarebbe diventato il massimo propugnatore della crossdisciplinarietà dai tempi di Leonardo da Vinci. Sta di fatto che il Grande Romanzo Italiano io ancora non l'ho scritto. Mentre lui... chissà.

Comunque: altro che sciampista. La mia Selvaggia ha architettato un piano diabolico. Non dovremo più né fare la spesa né

pagare le bollette o l'affitto. Hai presente la scena di *Caro diario* in cui Nanni Moretti vede una casa che gli piace e riesce a farsi aprire la porta con la scusa di fare un sopralluogo?, mi ha spiegato. Vedrai quante porte ci aprirà il fatto che sei diventato Nanni Moretti. Vedrai.

Pronto, parlo con il signor sindaco

«Pronto, parlo con il signor sindaco di Noli?»

«Sì, sono il sindaco di Noli. Con chi parlo?»

Selvaggia ha messo il vivavoce. Prima che chiamasse mi sono raccomandato: niente parolacce.

«Buongiorno signor sindaco, sono Lilli Gruber.»

Guardo Selvaggia, basito. Lei mi fa segno che va bene così.

«La giornalista?» le chiede il sindaco.

«Oh, no, è solo un caso di omonimia. Io in realtà sono l'assistente di Nanni Moretti.»

«L'amministratore delegato di Trenitalia? Sa che da quando qui a Noli hanno tolto la staz...»

«No, mi perdoni, Nanni Moretti il regista. Ha presente *Caro diario, Palombella rossa*?»

«Ma certo, come no! Il regista! E che diamine, lo conosco benissimo.»

«Di persona?»

«No, di persona no.»

«E le farebbe piacere conoscerlo?»

«Altroché.»

«Ecco, vede, io la sto chiamando su incarico di Nanni Moretti perché Nanni Moretti sta prendendo in considerazione la possibilità di girare il suo prossimo film a Noli.»

«A Noli? Ma che dice? È sicura?»

«Certo, la sto chiamando proprio per questo. Dunque Nanni Moretti vorrebbe poter fare un sopralluogo a Noli, così da rendersi conto coi propri occhi delle caratteristiche del luogo e capire se ci sono i presupposti per organizzare in un secondo momento la permanenza delle maestranze e degli attori.»

«Ah, ma questo è meraviglioso! Che bella cosa! Finalmente qualcuno disposto a valorizzare il nostro territorio. Ma lo sa lei che Dante cita Noli nella *Divina Commedia*? E mi dica, che cosa posso fare per voi?»

«Beh, di solito in questi casi ci appoggiamo all'amministrazione comunale sia per quanto riguarda i permessi e le informazioni del caso...»

«E certo! Ci mancherebbe!»

«Sia per l'ospitalità...»

«Guardi: si dimentichi dei luoghi comuni sui liguri che non sarebbero generosi. Mi dica: quand'è che il dottor Moretti intende fare questo sopralluogo?»

«Mah, se per voi non è un problema... anche domani.»

«Benissimo. Nessun problema. E quanti collaboratori si porta dietro il dottor Moretti, di solito?»

«Oh, lo accompagnerò giusto io. Sa, lui è uno che ama curare in prima persona ogni cosa, ogni dettaglio.»

«E perdoni la domanda, per il pernottamento avete bisogno di quante stanze?»

«Una. Matrimoniale. Vede, oltre a essere l'assistente di Nanni Moretti... sono anche la sua compagna.»

«Oh, molto bene, mi fa piacere, sarò onorato di conoscerla. Allora le dico già subito che ci sarà una stanza a vostro nome all'albergo Italia, un quattro stelle proprio sull'Aurelia, di fronte alla spiaggia dei pescatori. E mi dica, per quante notti? Due, tre, una settimana?»

Selvaggia mi guarda. Non faccio in tempo a esprimermi che lei risponde:

«Figat... Ehm, una settimana andrà benissimo.»

«Poi casomai se ci fosse la necessità potrete prolungare il sog-

giorno. Naturalmente saranno a nostro carico anche i pasti, ma fin d'ora le dico che almeno una sera vi vorrei invitare a cena io, personalmente.»

«Porc... Ma certo, con piacere. Lei è davvero gentilissimo, signor sindaco.»

«Allora vi aspetto. A domani.»

«A domani.»

Selvaggia chiude la comunicazione.

«Evvai!» grida.

«Evvai!» grido anch'io.

«Visto com'è facile?»

«Non ci sarei mai arrivato.»

«Ed è solo l'inizio!»

«Fantastico.»

Già.

Fantastico, mi ripeto.

Dopodiché, comincio a preoccuparmi.

Io sono Nanni Moretti

Io sono Nanni Moretti.

Io sono Nanni Moretti, mi ripeto.

«Io... sono... Nanni... Moretti» ribadisco ad alta voce.

Uhm. Non ci siamo.

«Io sono Nanni Moretti. Io sono Nanni Moretti. Io sono Nanni Moretti.»

Mi scruto nello specchio del bagno dell'albergo Italia di Noli, in Liguria, dove siamo arrivati in auto da Torino in meno di due ore. L'albergo, che deve essere stato rinnovato di recente, è molto bello. Il proprietario mi ha chiamato Maestro e ci ha dato questa camera con vista sulla spiaggia dei pescatori che dispone anche di terrazzo. L'unico problema è che ora dobbiamo cenare col sindaco. E io devo essere Nanni Moretti.

«Io sono Nanni Moretti. Io sono Nanni Moretti. Io sono Nanni Moretti.»

Inspiro.

Espiro.

Un conto è essere scambiati per Nanni Moretti per strada oppure al supermercato. Un altro conto è dover essere Nanni Moretti a cena con un sindaco convinto di avere a che fare con il vero Nanni Moretti. Che gli dico a questo?

«Io sono Nanni Moretti. Io sono Nanni Moretti. Io sono Nanni Moretti.»

Bravo. Così. Del resto c'è scritto anche sulla carta d'identità e sul passaporto che mi sono fatto fare da un russo che Selvaggia conosceva per via del Black Diamond. Tra l'altro dovrò ricordarmi di farmi restituire la prima dal proprietario dell'albergo.

Selvaggia fa capolino dalla camera da letto. Si sta provando la mise per la cena col sindaco e dato che è armata di smartphone intuisco che vuole farsi un selfie in bagno.

«Stammi a sentire, Selvaggia... io... ci ho pensato e... non può funzionare.»

«Ma perché?»

«Perché io non sono Nanni Moretti. Certo, Nanni Moretti me lo sono studiato in lungo e in largo, ma solo sullo schermo. Non ho idea di come si comporti nella vita reale Nanni Moretti, e nemmeno di che cosa dica. Metti che in qualche modo mi tradisco e viene fuori che non sono Nanni Moretti, che facciamo?»

«Ti sei rivisto e strarivisto tutti i suoi film e in particolare *Caro diario*?»

«Sì.»

«E te lo sei letto il libro del Castoro su Nanni Moretti?»

«Sì, da cima a fondo, tre volte.»

«E allora che problema c'è? Sai tutto quello che c'è da sapere su Nanni Moretti. Almeno per essere Nanni Moretti di fronte a qualcuno che il vero Nanni Moretti non l'ha mai incrociato di persona. Credimi. È per questo che anziché Roma o Venezia battiamo la provincia. Però figa, che ci sia almeno il mare, cazzo.»

Inspiro.

Espiro.

«Io sono Nanni Moretti.»

«Bravo, così ti voglio. Tu sei Nanni Moretti.»

Mi schiarisco la voce.

«Che noia tutte quelle storie raccontate in prima persona, dove ci si raffigura come personaggi candidi e positivi, in tenera crisi, magari un po' buffi, cercando di far scattare l'identificazione da parte del pubblico. In *Sogni d'oro* invece il mio personag-

gio è violento, isterico, permaloso, pignolo, vanitoso, fanatico, possessivo.»

«Grande. Vai avanti.»

«C'è chi si vanta e chi si vergogna di far ridere. Io credo che non ci si debba né vantare né vergognare. È semplicemente uno dei tanti modi di fare cinema. Facendo film autobiografici, la comicità è un modo di esorcizzare ciò di cui si parla e che si mette in scena. Ironia e distanza sono obbligatorie: quando si parla di se stessi se ci si prende troppo sul serio si rischia di diventare ridicoli.»

«Sei un capo.»

«Questa è dell'86, ma va sempre bene.»

«Yeah. E se qualcuno per strada ti riconosce e ti chiede se sei Nanni Moretti tu che fai?»

«Faccio quello che faccio di solito. Rispondo che no, io non sono Nanni Moretti.»

Battiamo cinque.

«Non avere paura. Vedrai che andrà tutto bene, stasera.»

«Ma se...»

«Niente ma. Niente se. Tu sei Nanni Moretti. In quanto Nanni Moretti il sindaco di Noli ti sta ospitando per darti modo di fare un sopralluogo per il tuo prossimo film. Stop. Ah, un'ultima cosa. Ricordati che io mi chiamo Lilli. Lilli Gruber.»

«Già, è da ieri che volevo chiedertelo: ma perché Lilli Gruber?»

«Per confondere le idee e non lasciare tracce.»

Altro che sciampista.

La prima cena

La prima cena da Nanni Moretti me la cavo abbastanza bene, anche perché il sindaco di Noli, che è un veterinario appassionato di storia locale, non sta zitto un minuto.

«Ecco» mi fa mettendomi in mano un volume di grande formato ricco di illustrazioni e di cartine anche molto dettagliate che ha scritto di suo pugno, intanto che aspettiamo l'impepata di cozze destinata ad aprire le danze nel ristorante dove ci ha portato, il Bucun du Preve. «In questo volume, di cui desidero omaggiarla guardi qui, le ho fatto anche la dedica, troverà tutto quello che le serve.»

Leggo la dedica: *Al Maestro Nanni Moretti in ricordo di Noli.*

«Antico centro dei Liguri, Noli fu municipio romano» attacca subito il sindaco. «Il suo nome viene citato per la prima volta in alcuni documenti di poco successivi all'anno Mille. Nel Medioevo fu base bizantina e, divenuto dominio dei Longobardi che la distrussero nel 641, fu completamente ricostruita vicino al mare. Allo smembramento dell'Impero Carolingio, fu inserita assieme alla vicina Varigotti nei possedimenti della Marca Aleramica e della famiglia Del Carretto del ramo di Savona. Divenuta in seguito un importante centro marinaro, con una cospicua e preparata flotta navale alla pari di altri grossi centri della Liguria, partecipò nel 1099 alla Prima Crociata, ricevendo privilegi politici, ma soprattutto commerciali, dal re di Gerusalemme Baldovino I, dal signore feudatario Boemondo I d'Antiochia e da Tancredi di Sicilia.»

«Interessante» dico.

«Noli fu feudo di Enrico II Del Carretto fino al 1193, quando con atto ufficiale rogato all'interno della locale chiesa di San Paragorio riuscì gradatamente a sottrarsi al potere marchionale dei Del Carretto con la cessione degli antichi diritti carretteschi. Studi recenti confermano che...»

Smetto di ascoltarlo. Faccio piedino a Selvaggia alias Lilli Gruber, che mi lancia un'occhiata complice e ricambia.

«L'indipendenza guelfa della repubblica nolese, stretta a oriente dal Comune di Savona e a occidente dal sempre più potente Marchesato di Finale, fu ancora più salda grazie alla...»

Beh, mi dico, se tutto quel che mi tocca fare per essere ospitato gratis in veste di Nanni Moretti è fingere di ascoltare la storia del posto, mi sa che faccio il Nanni Moretti a vita. Certo per il vero Nanni Moretti deve essere un bell'esercizio Zen.

«Gli atti dell'epoca, conservati presso l'Archivio storico comunale, dicono chiaramente che quello con Genova fu un accordo a pari diritti tra le parti, ossia senza una prevaricazione dell'una sull'altra. Ormai alleata dei Genovesi, la flotta navale della Repubblica Marinara di Noli combatté contro Pisa per la supremazia...»

Selvaggia alias Lilli Gruber, che evidentemente si è sfilata un sandalo, mi appoggia il piede sulla patta dei pantaloni. Chissà se il vero Nanni Moretti ha come assistente un'ex pole dancer, mi chiedo mentre la cameriera ci porta una gigantesca impepata di cozze.

«E fu così che nel corso del XIII secolo Noli si dotò di ulteriori fortificazioni e di oltre settanta torri cittadine chiudendo il borgo in una cinta muraria...»

«Caz... cioè, che meraviglia, quest'impepata!» prova a inserirsi Selvaggia, sempre col piede sulla mia patta.

«Ah, io ne vado matto» le sorride il sindaco. Ma subito riparte in quarta: «Lo schieramento politico e militare verso la causa della Lega Lombarda contro Federico II imperatore del Sacro Romano Impero...».

Il Grande Romanzo Italiano. Anziché essere Nanni Moretti e tro-

varmi a questo tavolo con un sindaco peraltro gentilissimo ma un filo logorroico e qualcosa di più di un principio di erezione dovrei starmene a casa a scrivere il Grande Romanzo Italiano. Solo che poi l'affitto chi lo paga? Nanni Moretti?

«L'espansione della Repubblica di Noli, che al suo massimo splendore raggiunse la dominazione dei vicini borghi di Orco, Mallare, Segno e Vado, durò fino...»

Seguono.

La pasta al pesto alla nolese.

Un branzino al sale con patate al forno e verdure alla griglia.

Il tiramisù.

«Ma mi dica» decide di prendersi una pausa il sindaco quando la cameriera ci porta i caffè, «perché ha scelto proprio Noli per il suo prossimo film?»

La domanda mi spiazza. Che cosa direbbe il vero Nanni Moretti al posto mio? Selvaggia alias Lilli Gruber toglie il piede dalla patta e mi lancia un'occhiata come a dire dài, forza. Mi schiarisco la gola.

«Ehm... beh, vede, anche se sulla mia carta d'identità accanto a professione c'è scritto regista» dico, «non faccio il mestiere del regista. Ogni tanto faccio un film, ecco tutto. Sa, ho un rapporto abbastanza personale e delicato con il mio lavoro. Quando sento di poter comunicare qualcosa con un film, comincio a lavorare. E d'altra parte non potrei fare un film dietro l'altro, i miei non sono pacchetti natalizi, sono pezzi di vita. Non sono ossessionato dall'idea di essere presente sempre e dovunque con i miei film, sui giornali, in televisione.»

Mi blocco.

Il sindaco mi guarda.

«Ah, capisco. E senta, che cosa ne dice se durante la sua permanenza qui organizziamo un incontro con la cittadinanza, e magari anche con gli allievi delle scuole? Se per lei va bene la presenterei io, sa, qui tra un po' ci sono le elezioni e ho intenzione di ricandidarmi.» Poi ha come un'illuminazione: «Che ne dice? Mi si nota di più se vengo e me ne sto in disparte o se non vengo per niente?».

E si mette a ridere, dandomi di gomito. Dopodiché aggiunge: «Ma senta, per curiosità, una particina, un cammello per me, ci sarebbe, nel suo film? Sa, ho sempre desiderato fare l'attore. Tra l'altro: possiamo farci un selfie, che così lo metto su Facebook?».

E la sola idea di un selfie con me lo esalta a tal punto che non si accorge che Selvaggia sta facendo scarpetta con le dita anche nel suo piatto.

A Noli

A Noli alla fine restiamo non una e nemmeno due ma ben tre settimane. Spesati dalla A alla Z, anche perché giorno dopo giorno, più che altro via telefono con la scusa dei sopralluoghi, io e Selvaggia alias Lilli Gruber ci lavoriamo il sindaco in modo da fargli credere che sì, il vero Nanni Moretti girerà proprio qui il suo prossimo film, e a Noli arriveranno frotte di turisti come a Salina per la casa del postino di Neruda o a Ragusa per quella del commissario Montalbano. C'è da dire che il posto è molto gradevole, tutte le mattine io mi sveglio presto e sul portatile mi riguardo un pezzo di *Caro diario*, così, per ripassare, e dopo colazione facciamo a piedi lungo l'Aurelia la passeggiata fino a Spotorno, ammirando l'isola di Bergeggi con i suoi gabbiani all'andata e l'hotel Capo Noli al ritorno. Poi pranziamo al Bucun, dove il sindaco ha lasciato detto che al saldo dei nostri conti penserà lui, e nel primo pomeriggio ci riposiamo in albergo godendo del nostro terrazzo con vista sulla sfilata di palme del lungomare e sulle barche dei pescatori.

Verso le quattro usciamo di nuovo e a seconda dei casi prendiamo il sole e facciamo i bagni, approfittando della comodità della spiaggia di fronte all'albergo, oppure ci concediamo qualche gita nei dintorni, a Varigotti, Finale Ligure, Finalborgo. Alla pasticceria Scalvini, davanti al palazzo comunale, sempre a spese del sindaco ci riforniamo di dolci, in particolare dell'ottima pinolata o pinolina, una torta ai pinoli davvero squisita. Altre volte, sempre a

spese del sindaco, facciamo un boccone alla friggitoria Nolese, un posticino gestito da una giovane coppia di siciliani dove tra le altre cose fanno una pasta coi ricci da favola. Nella panetteria di via Colombo invece ci riforniamo di focaccia alle olive, appena sfornata e davvero favolosa: le ragazze dietro il banco sanno che devono mettere in conto al sindaco. Quanto all'aperitivo, ci abboniamo a due dei localini sulla passeggiata, i Bagni Lido e il Bar Florida, sempre, va da sé, a spese del primo cittadino. Io ogni tanto vengo fermato per strada da qualcuno che mi chiede se sono Nanni Moretti, e rispondo sempre di no, in modo da confermare che effettivamente lo sono. Adducendo e millantando svariati impegni e conference call con Roma e altri contrattempi, riusciamo a evitare sia la serata con la cittadinanza sia la mattinata con i ragazzi delle scuole. Naturalmente, a partire dalla seconda volta che mettiamo piede in qualsiasi posto, ovvero al Bucun, alla pasticceria, alla friggitoria, in panetteria, ai bagni e al bar, ma anche in spiaggia, e perfino a mollo, tutti si sentono in dovere di strizzarmi l'occhio e dirmi: *Che ne dici vengo? Mi si nota di più se vengo e me ne sto in disparte o se non vengo per niente?* Io mi limito ad abbozzare un sorriso alla Nanni Moretti e a non dare corda, proprio come farebbe Nanni Moretti. Almeno credo.

Selvaggia

Selvaggia. Selvaggia e le sue parolacce. Selvaggia e il suo modo di fare scarpetta con le dita. Selvaggia e i suoi rutti. Selvaggia e i suoi sbadigli senza mettere la mano davanti alla bocca. Selvaggia e la sua abitudine di ridere sguaiatamente. Selvaggia che quando aveva quattro anni è scappata di casa nei boschi vicino Siena perché voleva cantare al "Festivalbar". Selvaggia che a scuola era un disastro perché passava il tempo a guardare fuori dalla finestra perdendosi nei suoi sogni di celebrità. Selvaggia che a tredici anni si faceva già le canne. Selvaggia che a diciotto se ne stava tutto il tempo fumata dato che non aveva abbastanza soldi per andarsene e quello era il suo modo per farlo. Selvaggia che a venti se n'è andata davvero ed è finita in India convinta che avrebbe sfondato a Bollywood dopo un paio di lezioni di danza del ventre, salvo finire a fare la cameriera a Goa. Selvaggia che col fatto che in India si vive con niente si è aggregata a un giro di hippie e se n'è andata a vivere in una caverna attrezzata con una cucina economica e un letto e un divano e un bagno esterno. Selvaggia che poi è tornata in Italia e facendosi finanziare dal padre ha iniziato la sua lunga serie di corsi di recitazione, ukulele, hula hoop, tip-tap eccetera senza mai finirne uno. Selvaggia che malgrado queste premesse è riuscita a calarsi nei panni della segretaria di Nanni Moretti come un'attrice professionista. Selvaggia che escogitando questa storia di Nanni Moretti è come se avesse trovato per entrambi una spe-

cie di sussidio di disoccupazione, una nuova forma creativa di Welfare. Selvaggia che spero solo non rutti e non sbadigli senza coprirsi la bocca e non dica parolacce e non faccia la scarpetta con le dita davanti al sindaco di turno.

Pronto, parlo con il signor sindaco

«Pronto, parlo con il signor sindaco?»

Un paio di giorni prima di lasciare l'albergo Italia Selvaggia alias Lilli Gruber chiama in viva voce il Comune di Bardonecchia. Seminuda sul letto si sta scaccolando, ma per fortuna non si tratta di una videochiamata.

«Sì, sono io. Con chi parlo?»

«Buongiorno signor sindaco, sono Lilli Gruber.»

«Oh, buongiorno. La giornalista?» le chiede il sindaco.

«Oh, no, è solo un caso di omonimia. Io in realtà sono l'assistente di Nanni Moretti.»

«L'amministratore delegato di Trenitalia? Sa che qui a Bardonecchia i treni arriv...»

«No, mi perdoni, Nanni Moretti il regista. Ha presente *Ecce Bombo*, *Bianca*?»

«Ma certo, come no! Il regista! È uno dei miei preferiti!»

«Lo conosce anche di persona?»

«No, di persona no.»

«E le farebbe piacere conoscerlo?»

«Altroché.»

«Ecco, vede, io la sto chiamando su incarico di Nanni Moretti perché Nanni Moretti sta prendendo in considerazione la possibilità di girare il suo prossimo film proprio a Bardonecchia.»

«A Bardonecchia? Ma è meraviglioso!»

«Certo, la sto chiamando per questo. Dunque Nanni Moretti vorrebbe fare un sopralluogo a Bardonecchia, così da rendersi conto delle caratteristiche del luogo e capire se ci sono i presupposti per organizzare in un secondo momento la permanenza delle maestranze e degli attori.»

«Ah, ma questo ci onora! Che bella notizia! Finalmente qualcuno che dopo le Olimpiadi del 2006 vuole valorizzare il nostro territorio. E mi dica, che posso fare per voi?»

«Beh, di solito in questi casi noi ci appoggiamo all'amministrazione comunale sia per quanto riguarda i permessi e le informazioni del caso...»

«E certo! Ci mancherebbe!»

«Sia per l'ospitalità...»

«Guardi: si dimentichi dei luoghi comuni sui montanari che non sarebbero ospitali. Mi dica: quand'è che il signor Moretti intende fare questo sopralluogo?»

«Mah, se per voi non è un problema... anche dopodomani.»

«Benissimo. Nessun problema. E quanti collaboratori si porta dietro il signor Moretti, di norma?»

«Oh, ci sarò giusto io. Lui è un romp... cioè, è uno che ama curare in prima persona ogni cosa, ogni dettaglio.»

«E mi scusi la domanda, di quante stanze avete bisogno per il pernottamento?»

«Una. Matrimoniale. Sa, io oltre a essere l'assistente di Nanni Moretti sono anche la sua compagna.»

«Benissimo, sarò onorato di conoscerla. Allora le dico già subito che ci sarà una stanza a vostro nome... vediamo... all'albergo Rosa Serenella. E mi dica, per quante notti? Due, tre, una settimana?»

Selvaggia mi guarda. Non faccio in tempo a esprimermi che lei risponde:

«Una settimana andrà benissimo.»

«Poi casomai se ci fosse la necessità potrete prolungare il soggiorno. Naturalmente saranno a nostro carico anche i pasti, ma fin d'ora le dico che almeno una sera vi vorrei invitare a cena io.»

«Ma con piacere. Lei è gentilissimo, signor sindaco.»

«Allora vi aspetto. A dopodomani.»

«A dopodomani.»

Selvaggia chiude la comunicazione.

«Evvai!» grida.

«Evvai!» grido anch'io.

«Ma quanto siamo fighi?»

«Non ho parole.»

«Qui se ce la giochiamo bene mi sa che abbiamo fatto bingo. Cazzo che fighi che siamo!»

Battiamo cinque.

Dopodiché, torno a preoccuparmi.

A Bardonecchia

A Bardonecchia ceniamo col sindaco in un ristorante arredato come una baita di montagna che dà sulla via Medail, quella del passeggio. Il sindaco, viene fuori, in realtà sarebbe un geometra, ma la sua grande passione è la storia locale. Così, gentilmente mi omaggia di un libro di cui è autore, di grande formato e pieno zeppo di cartine e di illustrazioni dettagliate. Mi mostra la dedica vergata di suo pugno, *Al Maestro Nanni Moretti in ricordo del Suo soggiorno a Bardonecchia*, e in attesa della polenta taragna attacca a parlare:

«Bardonecchia, Bardonecia in piemontese, Bardonescha in occitano, Bardonnèche in francese, sorge in una conca anticamente occupata da un lago. Reperti trovati in loco...»

Mentre il sindaco parla, mi rendo conto che in questo stesso istante, in tutta Italia, altri sindaci appassionati di storia locale stanno raccontando con orgoglio peraltro legittimo l'origine dei luoghi che amministrano a tutta una serie di registi, attori, musicisti, cantanti, pittori, scultori, direttori d'orchestra, poeti e anche scrittori che si trovano ospiti nei rispettivi comuni per girare un film o presentarlo, suonare a un concerto o tenere un seminario, fare un reading o inaugurare una mostra o promuovere l'ultima silloge o il nuovo romanzo. E tutti questi registi e attori e musicisti e cantanti e pittori e scultori e direttori d'orchestra e poeti e scrittori stanno annuendo come me alle parole del sindaco che hanno di fronte, pensando ai cazzi loro, ma anche a dove mette-

ranno l'ennesimo libro di grande formato e riccamente illustrato con tanto di dedica autografa sulla storia del posto in cui si trovano. Improvvisamente mi rendo conto che le case di innumerevoli artisti italiani di ogni disciplina devono essere piene di libri di grande formato, riccamente illustrati e con tanto di dedica autografa. Chissà quanti deve averne ricevuti il super crossdisciplinare Gianluigi Ricuperati. Tiro un calcio a Selvaggia perché si sta annusando le ascelle davanti al sindaco.

«Oh, caz... volevo dire, scusate, ho dimenticato di mettere il deodorante» esclama.

Il sindaco non se ne accorge nemmeno. Ormai è lanciato.

«Nell'anno 906 i Saraceni giunsero fino all'abbazia di Novalesa, saccheggiandola. Poi...»

Quando arriva la polenta taragna Selvaggia alias Lilli Gruber si è già tolta lo stivale e mi ha appoggiato il piede sulla patta. Come farei senza di lei? Continuo ad annuire alle parole del sindaco, chiedendomi che cosa farebbe il vero Nanni Moretti al posto mio. Forse si alzerebbe e se ne andrebbe. O no? In ogni caso, il cibo è buono e il piede sulla patta è sempre un'esperienza piacevole.

«Si hanno inoltre notizie di una signoria che faceva capo a certi Bardonnèche, il cui capostipite, tale Witbaldo...»

Una volta venuti a capo della polenta taragna, peraltro ottima, ci servono il cervo e il cinghiale brasati con contorno di polenta ai formaggi. È strano, in realtà ho appena cominciato a essere Nanni Moretti, ma questa full immersion in Nanni Moretti mi fa un effetto ambivalente. Da un lato, è come se mi osservassi sempre da fuori, per capire se ci sto dentro e se interpreto Nanni Moretti in modo convincente. Dall'altro... non lo so, sarà che ne imito alla perfezione la voce, sta di fatto che comincio a sentirmi un po' proprio Nanni Moretti. Solo che Nanni Moretti una cosa come *full immersion* non solo non la direbbe, ma non la penserebbe mai. Ne sono sicuro.

«Ma veniamo alle guerre di religione francesi...»

Sul finire della cena, quando ormai siamo alla grappa, che stranamente non è di polenta, il sindaco mi fa:

«Ma mi dica, mi dica: perché ha scelto proprio Bardonecchia per girare, almeno così tutti noi ci auguriamo, il suo prossimo film?»

Selvaggia aka Lilli Gruber mi lancia un'occhiata significativa.

«Ehm» mi schiarisco la gola. «Vede, quarant'anni fa in questo Paese c'era un'opinione pubblica che reagiva e si scandalizzava, oggi non esiste più. Si digerisce tutto.»

Mi blocco.

Il sindaco mi guarda.

«Concordo. E senta, che cosa ne dice se durante la sua permanenza qui organizziamo un incontro con la cittadinanza, magari anche con gli allievi delle scuole? Se per lei va bene la presenterei io, sa, qui tra un po' ci sono le elezioni e ho intenzione di ricandidarmi.» Poi ha come un'illuminazione: «Che ne dice? Mi si nota di più se vengo e me ne sto in disparte o se non vengo per niente?». E si mette a ridere, dandomi di gomito. Dopodiché aggiunge: «Ma senta, per curiosità, una particina, un camino per me, ci sarebbe, nel suo film? Sa, ho sempre desiderato fare l'attore. Tra l'altro: possiamo farci una foto assieme, che così la metto su Facebook?».

Segue una settimana a spese del sindaco.

L'hotel è molto anni Sessanta e però a noi riservano un gradevole appartamento a pochi minuti di cammino da Campo Smith, lì dove ci sono la seggiovia e le piste. Nel Borgo Vecchio mangiamo ottime crêpes, per il resto siamo ospiti del sindaco nello stesso ristorante della prima sera a pranzo e a cena. Come già a Noli riesco a scampare sia la serata con la cittadinanza sia la mattinata con le scuole. Tra una passeggiata e l'altra, penso al mio Grande Romanzo Italiano, chiedendomi se mi riuscirà mai di scriverlo.

E dopo una settimana di montagna, ci viene di nuovo voglia di mare. Oh, sì.

Il trillo del cellulare

Il trillo del cellulare mi sveglia durante la siesta pomeridiana. E Selvaggia? Dov'è? Ah, già. In piscina. Controllo il numero in entrata. Mordecai. Mordecai?

Rispondo.

«Pronto, Bruno?»

Lì per lì sono tentato di usare la voce di Nanni Moretti e dirgli *No, non sono Bruno*. Poi però ci ripenso.

«Mordecai, era ora! Non ti facevi più trovare!»

«No guarda, Bruno, sei tu che sei sparito.»

«Ma se ti ho cercato un mucchio di volte!»

«Vabbè, sia come sia. Stai scrivendo?»

«Uhm... beh... sai com'è... mi sono preso... una pausa... una pausa... di riflessione.»

«Con chi? La tua spogliarellista?»

«Selvaggia non fa la spogliarellista. È un'artista che come tante si è trovata un'occupazione alternativa.»

«Ah, l'hanno ripresa al Black Diamond?»

«No. Ha trovato un'altra occupazione alternativa all'occupazione alternativa che aveva prima. Comunque non mi sono preso una pausa da lei, ma dalla scrittura.»

«E perché, scusa? E il tuo Grande Romanzo Italiano?»

«Beh, Franchini è sparito e...» gli dico, ma lui non mi permette di continuare la frase.

«Lascia stare Franchini. L'altro giorno parlavo con Mondadori...»

«Ma Franchini ormai è in Giunti, lo sai.»

«Ovvio. Per quello che ti dico lascia stare Franchini. Ti dicevo: l'altro giorno parlavo con Mondadori, ed è venuto fuori che tra le cose che hanno in cantiere c'è questa nuova collana intitolata Il Caso Umano. E allora mi è venuta un'idea. Un'idea a dir poco geniale. Te la dico?»

«Dimmela» gli faccio, stringendomi nelle spalle.

«Sta' a sentire: come sai, ogni anno in Italia escono sessantamila nuovi titoli. Dico sessantamila, non so se mi spiego. E più della metà vende tra zero e una copia. Sta di fatto che gli uffici stampa degli editori fanno i salti mortali per promuovere le novità, lo sai anche tu che far passare un esordiente da Fazio è quasi impossibile e che sui giornali i libri trovano sempre meno spazio. In radio a volte funziona Radio Deejay, ma "Fahrenheit" è un programma di élite, mica decide le sorti di un libro. Quanto ai social network ancora non hanno capito come usarli. Insomma, ogni volta appunto devono creare il caso umano nella speranza che diventi anche letterario, e che entri nelle classifiche dei bestseller. Da qui, l'idea mondadoriana di creare una collana apposita...»

Prende fiato.

«E allora? Che c'entro, io, scusa?»

«C'entri, c'entri. Perché io ti faccio diventare un caso umano coi fiocchi. Hai mai sentito parlare della sindrome di Werner?»

«No.»

«È una malattia genetica rara, quella che provoca l'invecchiamento precoce. Se ce l'hai, già a vent'anni ne dimostri sessanta. Hai presente quel personaggio di *Blade Runner*?»

«Quello che diceva *Ho visto cose che voi umani* e *navi in fiamme al largo di Tannhäuser* e *i bastioni di Orione* eccetera?»

«No. L'altro. Quello che invecchiava precocemente.»

«Ma io di anni ne ho cinquanta, Mordecai, te l'ho detto. Come faccio a passare per uno di venti?»

«Appunto. Per uno di venti normale non ci passeresti mai. Ma per

uno affetto dalla sindrome di Werner, sì. Hai idea di come si scatenerebbero tutti quanti? Se ti faccio diventare l'esordiente dell'anno sotto forma di ventenne condannato all'invecchiamento precoce, Fazio ti chiama di sicuro. E come minimo vendi quanto Saviano. Pensaci: milioni di copie. Così.»

Lo sento schioccare le dita.

«Ma io...»

«Niente ma» mi interrompe lui. «Non è che mi devi dare una risposta subito. Tu pensaci. Poi ci sentiamo.»

Pronto, parlo con il signor sindaco

«Pronto, parlo con il signor sindaco di Riomaggiore?»

«Eccomi. Chi è?»

Selvaggia ha messo il viva voce. Si sta togliendo il cerume dalle orecchie con un fiammifero per poi spalmarlo sul bordo della tazzina in cui ha appena bevuto il caffè, ma per fortuna non si tratta di una videochiamata.

«Buongiorno signor sindaco, sono Lilli Gruber.»

«Quella della tivù?» le chiede il sindaco. «Molto bene, allora senta dottoressa Gruber, perché non venite con le vostre telecamere a...»

«Oh, no, mi perdoni se la interrompo ma è solo un caso di omonimia. Io non sono *quella* Lilli Gruber e non lavoro in tivù, in realtà sono l'assistente di Nanni Moretti.»

«L'amministratore delegato di Trenitalia? Sa che da quando qui c'è stata l'alluvione i tre...»

«No no no no no, mi perdoni ancora, Nanni Moretti il regista. Ha presente chessò, *Habemus Papam*?»

«Ma certo, come no! Il regista! Belin, cioè, pardon, lo conosco eccome!»

«Di persona?»

«No, di persona no.»

«E le farebbe piacere conoscerlo di persona?»

«Bel... cioè, certo che sì.»

«Ecco, vede, io la sto chiamando su incarico di Nanni Moretti perché Nanni Moretti sta prendendo in considerazione la possibilità di girare il suo prossimo film alle Cinque Terre, e in particolare proprio a Riomaggiore.»

Alle Cinque Terre

Alle Cinque Terre ceniamo con i cinque sindaci dei cinque paesini al ristorante La Lanterna di Riomaggiore, dove a partire da una gigantesca impepata di cozze scopriamo che si mangia benissimo. Viene fuori che tutti e cinque i sindaci, un dentista, un viticoltore, un medico condotto, un farmacista e un pescatore, sono grandi appassionati di storia locale. Dunque ricevo in omaggio cinque volumi di grande formato ricchi di cartine e illustrazioni in bianco e nero e a colori, tutti con dedica autografa *Al Maestro Nanni Moretti* eccetera.

Nel corso della cena, va da sé tutta a base di pesce tranne il caffè finale che qui servono con limone e amaretto, e che vista la mole di informazioni sulla storia locale moltiplicata per cinque si protrae fino alle tre di notte, io e Selvaggia scopriamo naturalmente un sacco di cose che non sapevamo su Monterosso, Vernazza, Corniglia, Manarola e Riomaggiore. Che tra l'altro, ce ne siamo resi conto arrivando nel pomeriggio, sono tornate quasi com'erano prima dell'alluvione di qualche anno fa grazie alla forza d'animo degli abitanti del luogo e al loro duro lavoro. Tutti e cinque i sindaci, al momento dei saluti sulla terrazza battuta dal vento che viene dal mare, mi dicono:

«Che ne dice? Mi si nota di più se vengo e me ne sto in disparte o se non vengo per niente?» Dopodiché aggiungono: «Ma senta, per curiosità, una particina, un cameo per me, ci sarebbe, nel suo

film? Sa, ho sempre desiderato fare l'attore. Tra l'altro: possiamo farci un selfie, che così lo metto su Facebook?».

Il fatto di spacciarmi per Nanni Moretti proprio qui, tuttavia, mi fa venire qualche senso di colpa.

«Non possiamo fermarci più di tanto» dico a Selvaggia mentre a piedi percorriamo un sentiero della famosa Via dell'Amore.

«Perché scusa?» mi fa lei, la voce che mi arriva in basso passando per il suo culo, che mi ipnotizza mentre la seguo inerpicandomi su per la collina.

«Da queste parti anni fa hanno patito un vero disastro, i soldi che spendono per noi potrebbero utilizzarli altrimenti» le spiego, sempre fissandole il culo. Per la camminata si è messa un paio di hot pants di jeans. Le vedo i peli della fica che spuntano lì dove la stoffa sfilacciata copre a malapena la carne nuda. «A parte il fatto che non sarà facile trovare tutte le scuse che servirebbero per scansare le cinque serate con le rispettive cittadinanze e le cinque mattinate con gli allievi delle scuole.»

«Ma che cazzo dici?» sbotta lei. «Con tutti i soldi che si sprecano e si rubano in Italia ti fai problemi per una settimana aggratis nelle Cinque Terre? A volte non ti capisco.»

Si ferma.

«Perché ti sei fermata?»

«C'è un bivio. Il sentiero si divide in due. Dove cazzo andiamo?»

La raggiungo. A destra, il sentiero di destra sembra andare verso il mare. A sinistra, il sentiero di sinistra sembra andare verso l'interno.

«Beh, se tanto mi dà tanto, dovremmo proseguire nella direzione del mare» azzardo.

«Daje. Comunque se proprio ci tieni un altro posto lo troviamo. L'Italia è lunga, ce la possiamo girare tutta.»

Ripartiamo.

Per un po', camminiamo in silenzio. Lei si gode la vista del panorama. Io mi godo la vista del panorama e del suo culo. E dei peli della sua fica che impertinenti sbucano dai filamenti di jeans. Ripenso a Cristiana. Al fatto che non saprò mai che colore abbiano i

peli della fica di Cristiana. I peli della fica. La fica. Tutto in fin dei conti discende dalla fica come in quel quadro, *L'origine del mondo*, mi dico, ansando su per 'sta cazzo di Via dell'Amore che però non dovrebbero chiamarla Via dell'Amore, piuttosto Salita dell'Amore, anzi, Salita Impervia dell'Amore, visto che mano a mano che procediamo la pendenza aumenta e il sentiero diventa sempre più accidentato. Sudo. Il mare in lontananza. Il culo davanti a me. I peli della fica. Nonostante la fatica, ho un principio di erezione. Uhm. Mi guardo alle spalle. Nessuno.

«Senti, Selvaggia, ma se approfittando del fatto che siamo soli soletti ci facessimo una scopata?»

Lei si ferma di nuovo.

«E adesso? Come proseguiamo?» mi fa, ignorando la mia domanda.

La raggiungo. Il sentiero è interrotto da una frana. Alla nostra sinistra, una parete coperta di rovi. Alla nostra destra, lo strapiombo sugli scogli e il mare. Se fossi Enrico Brizzi, lui con la sua esperienza ormai pluriennale di camminatore documentata dai suoi libri sulle camminate lungo la Via Francigena, forse saprei come fare. Ma non sono Enrico Brizzi.

«Forse è meglio se torniamo indietro» le dico. «Ma prima... perché non facciamo una pausa degna di questa benedetta Via dell'Amore?»

In quell'istante, avverto una specie di... ronzio. Sì, un ronzio possente, diffuso, proprio dietro di noi. Mi giro di nuovo.

«Selvaggia!»

«Cazzo c'è?»

«Uno sciame d'api! Gigantesco!»

Selvaggia si volta. E come me resta pietrificata. Un milione di api si è levato in volo oscurando il cielo alle nostre spalle. Se ne stanno lì come elicotteri, tagliandoci la strada del ritorno. Pronte ad attaccare.

«Che facciamo?» le chiedo.

«Saltiamo.»

«In mare? Ma sei pazza?»

«No, la frana.»

E... detto, fatto: senza nemmeno prendere la rincorsa, con un balzo Selvaggia supera il vuoto creato dalla frana tra la parete di rovi e lo strapiombo. Anni e anni di pole dance. Mentre io me ne stavo a fissare lo schermo del computer.

«Avanti! Coraggio! Salta!»

La guardo.

Mi giro.

Guardo le api.

Le api guardano me.

«Salta che quelle ti sbranano!»

Ave o Maria piena di grazia, penso. Com'è che continua? Ma il resto non mi viene in mente. Padre Nostro. Proviamo col Padre Nostro. Padre Nostro che sei nei cieli...

«Salta, cazzo!»

La parete di rovi.

Lo strapiombo.

Il rombo delle api.

Che sei nei cieli...

«Basta una puntura e sei morto!»

Salto.

«Muoviamoci!» esclama Selvaggia, afferrandomi per un braccio e trascinandomi via lungo il sentiero.

Corriamo in salita, tra pietre che rotolano sotto i nostri piedi, io che arranco dietro al suo culo e ai peli della sua fica, ma senza più molta voglia di scopare.

«Che fanno le api?» mi chiede lei.

Controllo.

«Non ci seguono. Sono sparite.»

Tiriamo entrambi un sospiro di sollievo. Poi però lei si blocca un'altra volta.

«E ora? Cazzo facciamo?»

La raggiungo, convinto di trovare un altro bivio. Invece... invece il sentiero anziché biforcarsi finisce. Davanti a noi, una bosca-

glia fitta e piena di rovi. Alla nostra sinistra, altri rovi. Alla nostra destra, lo strapiombo. Alle nostre spalle, le api. A un tratto capisco che cosa devono provare gli ospiti dell'"Isola dei Famosi". Solo che noi non abbiamo una regia che ci segue.

«Chiamiamo l'elisoccorso» propongo.

«Manco fossimo in Amazzonia, puttana Eva» strilla lei. «Tu sei Nanni Moretti, finiremo su tutti i giornali. Che figura di merda ci facciamo?»

«Amen.»

Estraggo lo smartphone dalla tasca posteriore dei pantaloni. Non prende.

«Il mio non prende, prova col tuo.»

Selvaggia tira fuori il suo da una tasca degli hot pants. Gli dà un'occhiata.

«Non prende nemmeno il mio, porca troia.»

«Oh, no.»

«Certo che potrebbero mettercela una cazzo di segnaletica su 'sta cazzo di Via dell'Amore, cazzo!» strepita, sferrando un calcio a una pietra.

«È proprio quello che ti dicevo. Non hanno nemmeno i soldi per la segnaletica.»

«Sarà. Secondo me è che sono liguri. Comunque è tutta colpa tua. Sei tu che mi hai detto di puntare verso il mare, quando abbiamo trovato il bivio.»

«Beh, ho pensato che fosse più logico, visto che si tratta della Via dell'Amore.»

«Cazzo c'entra il mare con l'amore?»

«L'acqua... è una potente metafora sessuale» butto lì, stringendomi nelle spalle.

«E lo sapevo, l'intellettuale dei miei coglioni.»

«Non ce li hai i coglioni.»

«NON CE LI HO MA MI STANNO VENENDO...»

E la vedo che sta per lanciarsi in una girata delle sue, quando dietro di lei, oltre il bosco, sul fianco di una collina scorgo... una

casa! E non disabitata, ma addirittura in ristrutturazione, a giudicare dagli operai sul tetto. Dopotutto, siamo fortunati.

«EHI! AIUTO! AIUTATECI!» urlo, sbracciandomi.

Selvaggia segue il mio sguardo.

«AIUTO CAZZO! SIAMO BLOCCATI CAZZO! AIUTATECI CAZZO!» urla anche lei.

E così, grazie alla gentilezza di un paio di muratori romeni, ne veniamo fuori.

A volte Selvaggia

A volte Selvaggia è davvero imbarazzante. Non tanto per via del suo modo di fare scarpetta direttamente con le dita o per come sbadiglia senza mettere la mano davanti alla bocca o per come si gratta la figa anche in pubblico, ma per scene come quella di poco fa. Eravamo appena saliti sul treno che da Monterosso deve portarci in Toscana, prossimo teatro delle nostre operazioni, quando abbiamo scoperto che tre posti più in là viaggiavano... quella merda di Giuseppe Culicchia e Valerio Mastandrea. Da quanto ho capito, si erano incontrati per caso: il primo andava a fare un reading da qualche parte, l'altro tornava a Roma per girare il prossimo film. Giuseppe Culicchia mi si è presentato blaterando qualcosa a proposito del fatto che adora i miei film, specialmente *Caro diario*, e mi ha chiesto un autografo, 'sto coglione. Con Mastandrea abbiamo scambiato due parole: per fortuna senza approfondire alcun discorso, visto che lui doveva ripassare un copione. Così, superato lo shock iniziale – per me è sempre uno shock imbattermi in quello stronzo – e assorbita la botta d'adrenalina dovuta alla soddisfazione di scarabocchiargli l'autografo, io e Selvaggia abbiamo preso posto in base alla nostra prenotazione. Solo che poi lei ha messo su un'aria scazzatissima, e per un pezzo non mi ha rivolto la parola. E quando le ho chiesto se c'era qualcosa che non andava, lei mi ha sibilato *Sì* e si è alzata per andare in bagno passando di fianco a Culicchia e Mastandrea e girandosi a sorridere a entrambi, fa-

cendo pure l'occhiolino. Cosa che ha ripetuto tornando a sedersi di fronte a me.

«Scusa se te lo chiedo» decido di indagare, «ma perché per due volte hai fatto l'occhiolino a Culicchia e Mastandrea?»

Lei mi guarda più scazzata ancora e mi fa: «Cazzi miei».

«Cazzi tuoi, d'accordo. Ma sappi che mi è sembrato di pessimo gusto.»

«E a me è sembrato di pessimo gusto che non mi hai presentata a Mastandrea.»

«Ma io Mastandrea non lo conosco mica. E poi perché avrei dovuto farlo?»

«Perché io voglio recitare, ok? E tu lo sai benissimo. E anche se non lo conosci potevi fare quattro chiacchiere in più e alla fine saltava fuori l'occasione.»

«Ma... e se mi sgamava?»

«Ah già, è vero. Ma io lo voglio conoscere a Mastandrea, cazzo!»

Si alza. Si stira tutta, allungando più che può le braccia al cielo, così da sollevare al massimo la mini che indossa oggi. Le si vedono le mutandine. Strano. Di solito non le porta. Do un'occhiata a eventuali reazioni da parte di Culicchia e Mastandrea. Non pervenute. Uno sta leggendo un libro, l'altro il copione.

Selvaggia però non demorde. Con le mani si appende alla cappelliera e attacca a fare su e giù. Svariati viaggiatori si girano a guardarla. Facendo su e giù appesa alla cappelliera allarga le gambe, mettendo bene in mostra le mutandine. Controllo Culicchia e Mastandrea. Continuano a leggere. Selvaggia allora si stacca dalla cappelliera e si sfila la maglietta, rimanendo in canottiera. Con un movimento esageratamente esibito, tipo chitarrista metallaro sul palco, sciabola l'aria coi capelli. Culicchia e Mastandrea continuano a leggere. Lei allora si mette a cantare *Je t'aime, moi non plus* di Gainsbourg appoggiata alla testiera del sedile, il culo in fuori, e si spara una serie di selfie badando a inquadrare anche Mastandrea, almeno credo.

E in ogni caso capisco che forse avrebbe dovuto fare anche un corso di canto, oltre a tutti gli altri.

A Castiglioncello Viterbo Ravello

A Castiglioncello Viterbo Ravello tra una cosa e l'altra facciamo pace e ci fermiamo in tutto quasi tre mesi. Senza passeggiate ma con parecchio amore.

Uno è odontotecnico.

Uno architetto.

Uno agricoltore.

Tutti con una smisurata passione per la storia locale.

«Sa, era dai tempi di Dino Risi e del *Sorpasso* che qui da noi non capitava un regista del suo calibro...»

«Vede, qui a Viterbo si hanno tracce di insediamenti neolitici ed eneolitici e perfino qualche segno etrusco...»

«Per volere del normanno Ruggero, figlio di Roberto il Guiscardo, Ravello divenne sede vescovile nel 1086...»

Al Maestro Nanni Moretti eccetera.

«Ogni tanto faccio dei film, ecco tutto. Vedete, ho un rapporto abbastanza personale e delicato con il mio lavoro. Quando sento di poter comunicare qualcosa con un film, comincio a lavorare.»

«Che ne dice? Mi si nota di più se vengo e me ne sto in disparte o se non vengo per niente?» Dopodiché: «Ma senta, per curiosità, una particina, un camallo per me, ci sarebbe, nel suo film? Sa, ho sempre desiderato fare l'attore. Tra l'altro: possiamo farci un selfie, che così lo metto su Facebook?».

«Senti un po', Selvaggia, ma dove ce li mettiamo tutti 'sti libri di storia locale di grande formato e riccamente illustrati? In mac-

china tra un po' non ci staranno più. Mi chiedo come facciano quei disgraziati che vincono lo Strega...»

Mi fermo a guardare la spiaggia dove Gassman viene svegliato di soprassalto dai bambini che giocano e per prima cosa dice *Una sigaretta, c'avete una sigaretta?* Certo, rifletto, 'sti papi ci sapevano fare da un punto di vista urbanistico e architettonico.

Il fatto che Richard Wagner abbia soggiornato in questo stesso albergo mi pare simbolico: forse è qui che dovrei riprendere a scrivere il Grande Romanzo Italiano, che tra l'altro ha come protagonista un tenore.

Ma se devo dirla tutta, io a questo punto comincio a guardare al mondo che mi circonda con occhi diversi. Stamattina, per dire, mi sono sorpreso a studiare la luce che filtrava nella nostra stanza dalle persiane semichiuse proprio come l'avrebbe studiata Nanni Moretti, credo, ovvero chiedendomi in che punto della stanza avrei dovuto posizionare una cinepresa per catturarla nei fotogrammi di un film. Mi sono perfino messo il pollice e l'indice di entrambe le mani a elle davanti all'occhio destro, così da simulare l'obiettivo. E in realtà non seguo neppure più i brillanti post crossdisciplinari dell'iper-colto Gianluigi Ricuperati sulla sua pagina Facebook, e nemmeno i suoi tweet: ormai sono altrove.

«Che facciamo?»

«Beh, sai, poi c'è tutto il giro dei villaggi turistici.»

«Spiega.»

«Cazzo se sei lento! Pensaci: i villaggi turistici sono ben lieti di ospitare gente dello spettacolo, per loro è una forma di pubblicità. Poi mettono le foto sui loro siti Internet, o comunque pubblicizzano la cosa. Tante volte hanno qualche gancio con un settimanale di gossip e organizzano un servizio dove viene citato il luogo scelto dalla star di turno per le vacanze.»

«E se il vero Nanni Moretti viene a saperlo?»

«Ma perché, tu pensi che il vero Nanni Moretti legga i settimanali di gossip?»

Altro che sciampista.

A Pantelleria Favignana Lampedusa

A Pantelleria Favignana Lampedusa i direttori dei vari villaggi turistici sono così felici di ospitare Nanni & Lilli che ci pagano senza battere ciglio anche i voli, peraltro low-cost. Nei vari villaggi turistici riusciamo a soggiornare un paio di mesi e per fortuna i direttori non sono appassionati di storia locale. Tutti però, alla pari dei sindaci, mi confidano di nutrire ambizioni cinematografiche, o comunque di volersi lanciare nel mondo dello spettacolo.

«Sa, lei mi ha conosciuto come direttore di questa struttura, ma in realtà io fin da quando ero più giovane mi sento un cantante rap.»

«Ah, davvero?»

«Lei nei suoi film ha messo Jennifer Beals di *Flashdance*, come per esempio in *Caro diario*, e poi *E ti vengo a cercare* di Battiato, ha presente in *Bianca*, oppure *Sono un ragazzo fortunato* di Jovanotti, se la ricorderà in *Aprile*. Ma perché non ci mette anche un cantante rap proprio tra i personaggi? Sa, ho fatto un provino per "X Factor" ma non mi hanno preso, quelli non capiscono un caz... pardon, ma come parlo?»

Il direttore del villaggio si alza da tavola, portando una mano allo scroto e l'altra alla bocca, come se stringesse un microfono, e prende a molleggiarsi sulle gambe. Attacca:

«Yo yo yo yo yo / M'attizza la figa / Tien lontana la sfiga / C'è chi mi dice boro / Ma son più forte di un toro / Tirate fuori i soldi soldi soldi / Cazzo siete sordi sordi sordi / Tirate fuori i soldi soldi

soldi / Son mica Boldi Boldi Boldi / Questo è il rap del Rappone / Altro che un cinepanettone / Minchia ziofà / Fanculo papà / Yo!»

Mi guarda, palesemente soddisfatto.

Io guardo Selvaggia.

Selvaggia guarda me.

Il direttore continua:

«Yo yo yo yo yo / E no che non studio / E no che non lavoro / A me non m'inculate / Son mica un castoro / Sganciate la grana grana grana / Porca puttana tana tana / Sganciate la grana grana grana / O spacco la tana tana tana / Non fare il coglione / Rappa con Rappone / Minchia ziofà / Fanculo papà / Yo!»

Ormai non lo ferma più nessuno.

«Yo yo yo yo yo / Vado al Grande Fratello / Faccio un Mega Bordello / Caccia gli euri a' bello / O ti taglio l'uccello / Mi trombo una tipa tipa tipa / Mi sparo una riga riga riga / Mi trombo una tipa tipa tipa / Quanto mi piace la figa figa figa / Il mio nome è Rappone / Sono il meglio Pappone / Minchia ziofà / Fanculo papà / Yo!»

Comincia a zompare sul pavimento con le movenze... di una scimmia. Cheeta.

«Yo yo yo yo yo! / Occhio per occhio / Dente per dente / Stai cisti finocchio / Son mica un perdente / Valgo milioni di euro / Tu mi sembri da Neuro / Apri il portafoglio foglio foglio / Dammi quello che voglio voglio voglio / Apri il portafoglio foglio foglio / O ti stacco i coglio coglio coglio / Rappone è uno da mala / Un cazzo di niente gli cala / Minchia ziofà / Fanculo papà / Yo!»

Faccio per chiedergli se siamo su "Scherzi a parte" ma poi mi viene in mente che Nanni Moretti non può essere al corrente dell'esistenza di "Scherzi a parte".

«Yo yo yo yo yo! / Tira più un pelo di figa / Che Charlton Eston su una biga / C'è chi dice che sono nato stanco / Perché a lavorare non ci penso manco / Ma tu mi hai messo al mondo mondo mondo / Perciò stanzia un fondo fondo fondo / Tu mi hai messo al mondo mondo mondo / Caccia un milione tondo tondo tondo / Stas-

se Rappone se ne sta sciallato / Basta prediche che m'hai sfibrato / Minchia ziofà / Fanculo papà / Yo!»

Mi guarda, sinceramente speranzoso.

«Beh, complimenti. La terrò senz'altro presente per il mio prossimo film.»

E nel momento stesso in cui pronuncio queste parole, chissà perché mi viene in mente Antonio Franchini.

Il cibo è ottimo. Il mare stupendo. Il sole scotta ma ci omaggiano gentilmente anche la protezione. Niente incontri con la cittadinanza, niente scuole. Però servizi fotografici. E anche un'intervista per "Pantelleria Tremila".

«Come mai qui, Nanni Moretti?»

«Mah, vede, trovo più interessante essere crudele con me stesso che con gli altri. I film considerati più riusciti della commedia italiana sono quelli in cui gli autori non hanno messo in scena se stessi, ma, a volte con affetto a volte con razzismo, categorie sociali lontane da loro: i sottoproletari, i proletari che aspirano a diventare piccolo borghesi... gran parte della commedia all'italiana si è basata sulla presa in giro del soprammobile di cattivo gusto. Io, sia nei film sia nella vita, sono assolutamente dalla parte di quelli che hanno il cellophane sulle sedie per non guastarle, di quelli che hanno brutti soprammobili in casa, e non riesco proprio a prenderli in giro.»

«E mi dica, qual è il suo attore italiano preferito?»

«Alberto Sordi.»

Di sbarchi di clandestini, almeno nei villaggi dove stiamo, non c'è traccia. Mi chiedo tuttavia se inserire uno sbarco di clandestini nel Grande Romanzo Italiano potrebbe eventualmente aprirgli le porte del Premio Strega. Ma come lo racconto, se l'ho visto solo in tivù? Forse potrei chiedere lumi a quel genio assoluto del crossdisciplinare di Gianluigi Ricuperati, se solo avessi la sua levatura intellettuale. Ma non ce l'ho. Comunque adesso come adesso l'idea di scrivere il Grande Romanzo Italiano mi lascia un po' freddino. Sempre più spesso infatti mi chiedo: e se invece girassi il Grande Film Italiano?

«Che ne dice? Mi si nota di più se vengo e me ne sto in disparte o se non vengo per niente?» E si mette a ridere, dandomi di gomito. Dopodiché aggiunge: «Ma senta, per curiosità, una particina, un camuno per me, ci sarebbe, nel suo film? Sa, ho sempre desiderato fare l'attore. Tra l'altro: possiamo farci un selfie, che così lo metto su Facebook?».

Certo fa un caldo mostruoso.

Simpatica l'usanza di girare per le isole in Ape Piaggio.

Io ce l'avevo messa, in *Caro diario.*

Là però erano le Eolie.

Ottimi sia il pane *cunzato* sia il cous-cous di cernia, per tacere dell'impepata di cozze di proporzioni gigantesche.

E poi abbiamo visto due esemplari di tartaruga Caretta caretta.

In spiaggia tutti leggono questa Porscia Creso.

Ma le zanzare?

E una notte ho un incubo in cui sotto l'ombrellone al posto di Selvaggia c'è Bruce Sterling.

«E se ci scollassimo da 'sto sole a palla e andassimo un po' al Nord?»

«Sestriere?»

«No, cazzo, dopo quel sentiero alle Cinque Terre non voglio più vedere una salita nemmeno su Google Maps. No, non in montagna. Tipo... all'estero?»

Il trillo del cellulare

Il trillo del cellulare mi fa sussultare mentre sto facendo la siesta in albergo. Selvaggia dov'è? Ah, già, è andata a fare la sauna. Controllo il numero in entrata. Mordecai. Oh, cazzo.

«Pronto, Bruno?»

«Ciao, Mordecai.»

«Senti, devo darti una notizia che è una bomba!»

«Spara.»

«Ho parlato con quelli di Mondadori. Sono entusiasti dell'idea.»

«Quale idea?»

«La sindrome di Werner. L'invecchiamento precoce. Dicono che è geniale. A Segrate non sapevano veramente più che cazzo inventarsi. Prima il panettiere, poi il fisico, poi il martire, poi il montanaro scultore bevitore, poi il giovane professore che insegna ai giovani come devono essere i giovani, poi l'ebreo esperto di Proust che è il nuovo Proust... la ninfomane già se l'era giocata Fazi, sull'ex sessantottino muratore però elegante e guru c'è l'esclusiva di Feltrinelli, il cecchino se lo sono accaparrati all'Einaudi... insomma: da quello che ho capito, hanno fatto riunioni su riunioni, brainstorming su brainstorming, macché, zero. Poi però quando in riunione hanno sentito la mia idea sul ventenne che dimostra il triplo dei suoi anni a causa di 'sto invecchiamento precoce si sono levati cori da stadio, ti dico che le urla di giubilo hanno perfino richia-

mato l'attenzione dell'amministratore delegato, che informato della cosa si è tutto eccitato, sì è messo a ballare sui tavoli a braccetto con il direttore commerciale, un tripudio. Vedrai che andrai da Fazio e che verrai osannato da D'Orrico sul "Corriere della Sera". E il tuo libro vincerà lo Strega.»

«Lo Strega?»

«Eh, lo Strega. Come prima tiratura, tieniti forte, prevedono cinquecentomila copie. Dico cinquecentomila. E pensa che a Saviano, quando gli hanno pubblicato *Gomorra*, in prima battuta ne avevano stampate seimila, dico seimila.»

«Ma io...»

«Niente ma, Bruno. Stiamo parlando di Mondadori, e la Mondadori è la Mondadori, voglio dire, quelli se si mettono in testa una cosa non ce n'è per nessuno, capisci? In amministrazione ti stanno già preparando il contratto, mi segui? Fazio, D'Orrico, Strega, acchiappi? Cinquecentomila copie di prima tiratura con l'obiettivo di surclassare Saviano, ci sei? Bruno? Bruno, ci sei o non ci sei?»

«Ci sono, ci sono. Ma io il libro non l'ho ancora scritto. Ho solo l'incipit...»

«E che problema c'è?»

«Come fate a dire che vincerò lo Strega e venderò tre milioni di copie se il libro non c'è ancora?»

«Ma tu a questo non ci pensare. Tu adesso ti metti lì e il libro lo scrivi. Poi si vede.»

«E che scrivo?»

«Come che scrivi? È o non è una vita che me la meni con 'sto Grande Romanzo Italiano dei miei coglioni? E allora scrivilo, no?»

«Ma... e se... non ci riesco?»

«Guarda Bruno, questo è l'ultimo dei problemi, credimi. Tu scrivi qualcosa, qualsiasi cosa. Poi male che vada ci mettono le mani loro e te lo aggiustano, non sarebbe la prima volta. Ma se hanno deciso che tu vincerai lo Strega e venderai tre milioni di copie, stai tranquillo che vincerai lo Strega e venderai tre milioni di copie.

Oh, sono la Mondadori, dico la Mondadori, capisci? Una macchina da guerra.»

«Ma sei sicuro?»

«Bruno, ma ti pare che ti direi queste cose se non fossi sicuro? Tu scrivi. Scrivi quello che ti viene. Al resto pensiamo noi.»

Pronto, parlo con l'addetto culturale

«Pronto, parlo con l'addetto culturale dell'ambasciata d'Italia a Berlino?»

«Un momento, prego. Vedo se riesco a passarglielo. Chi lo desidera?»

«Sono Lilli Gruber, l'assistente del regista Nanni Moretti.»

«Un momento.»

Passano alcuni secondi.

«Sì, prego. Con chi ho il piacere?»

«Buongiorno, sono Lilli Gruber.»

«*Ach so, guten Tag, Frau Gruber.*»

Selvaggia mi guarda con aria interrogativa.

«Cazzo dicono?» mi chiede, per fortuna a bassa voce.

«Ti parlano in tedesco perché ti hanno scambiata anche loro per la giornalista che è mezza crucca.»

Selvaggia torna a parlare al telefono.

«Oh, no, non sono *quella* Gruber, è solo un caso di omonimia. Io in realtà sono l'assistente di Nanni Moretti.»

«Ah, davvero?»

«Sì, Nanni Moretti il regista. Ha presente chessò, *Il caimano*?»

«Naturalmente. Guardi che qui a Berlino sappiamo benissimo chi è Nanni Moretti.»

Selvaggia mi guarda con aria sospettosa.

«Ne ero sicura» gli dice. «Mi tolga una curiosità: lo conosce anche di persona?»

«Certo. È stato nostro ospite più volte in occasione di alcune passate edizioni del Festival del Cinema e per una retrospettiva con un interessantissimo dibattito a cui aveva partecipato l'allora direttore del nostro Istituto Italiano di Cultura Ugo Perone, una cosa che avevamo organizzato anni fa in collaborazione con la dottoressa Morese. Ora purtroppo la dottoressa ci ha lasciati, nel senso che dirige il Goethe Institut di Napoli. Comunque non sapevo che il signor Moretti avesse cambiato assistente.»

Selvaggia strabuzza gli occhi.

Riattacca immediatamente.

«Perché hai riattaccato?»

«Beh, perché questo secondo me ci sgamava.»

«Tu dici? Io non lo so, sai?»

«Ma ci siamo sempre detti che era meglio evitare di incappare in gente che potesse conoscere di persona Nanni Moretti.»

«E ho capito. Ma io chi sono, scusa?»

A Mosca

A Mosca, dove siamo riusciti a farci ospitare dall'Istituto Italiano di Cultura, nessuno ha mai incontrato di persona Nanni Moretti. E a Mosca, per la prima volta in vita mia, incontro di persona la regina delle classifiche: Porscia Creso.

Porscia Creso, scopro, visto che mi sono sempre rifiutato di leggere quello che scrive lei ma anche quello che scrivono di lei, peserà un quintale, e anche se è un'Onorevole ci tiene a definirsi innanzitutto una scrittrice: è qui per promuovere *Ma che bontà ma che bontà ma che cos'è questa robina qua*, il thriller politico-culinario con un paio di omicidi, molte ricette e vaghi accenni sapienziali alla Coelho, bestseller da tre o quattro milioni di copie con cui da quanto abbiamo capito io e Selvaggia sta girando tutta l'Italia e gli istituti italiani di cultura di mezzo mondo.

«Mi fanno un baffo, a me, gli scrittori italiani, tutti preoccupati dalle loro carrierine intellettuali, tutti ansiosi di lavorare in Rai, tutti rinchiusi nella loro torre d'avorio, così ombelicali. Sono una narratrice di razza, io» ci tiene a farci sapere quando il direttore dell'Istituto fa le presentazioni nella hall immensa dello smisurato Ukraina Hotel sulla Kutuzovsky Prospekt, lì dove da queste parti vengono sistemati gli ospiti in arrivo dall'Italia.

Il direttore, che al telefono si è detto entusiasta all'idea che Nanni Moretti avesse in animo di fare un sopralluogo presso l'Istituto Italiano di Cultura di Mosca perché proprio lì aveva in mente di am-

bientare alcune scene del prossimo film, per il nostro arrivo ha organizzato una cena nei locali dell'Istituto medesimo. E durante il viaggio a bordo di un SUV nero dai finestrini oscurati, spiega a me, a Selvaggia, alla Creso e al portaborse di questa, un tipo magrissimo che mi pare si chiami Zerbini, che in realtà quando era in Italia di mestiere faceva lo storico:

«Sapete, sono originario di Avezzano, e mi sono sempre occupato di storia locale. Ora che arriviamo in Istituto sarà mio piacere omaggiarvi di un volume riccamente illustrato che ho scritto poco prima di essere nominato qua, proprio sulla fondazione di Avezzano e sui suoi successivi sviluppi fino a oggi: *Hic ideam christianissimus imperator circa hoc tempus monasterium Sancti Angeli, quod Barregium appellatur, iuxta tenorem praeceptorum antecessorum suorum Karoli atque Lotharii suo quoque praecepto roboravit; confirmans ibi omnia, quae tam in circuitu suo quam et in pago Marsorum atque Balva, Teate quoque et Penne atque Aprutio nec non et Asculo multipliciter possedisse antiquitus videbatur*.»

«Interessante» dico io, ripensando per un attimo a come stavo bene vestito da prete in *La messa è finita*.

«Quando ce lo dà poi lo metti insieme con gli altri» ordina la Creso a Zerbini, che annuisce.

Lungo la strada assistiamo a una carica della polizia contro alcune attiviste in topless e a una sparatoria tra gli occupanti di altri due SUV neri dai finestrini oscurati.

«Non preoccupatevi» ci dice il direttore infilandosi un giubbotto antiproiettile, «Mosca ormai rispetto a qualche anno fa è una città tranquilla. È tutto sotto controllo.»

In Istituto, a cena, il direttore ci intrattiene a lungo sulla battaglia di Tagliacozzo, citata da Dante nella *Divina Commedia* e a suo dire fondamentale. La Creso da parte sua se ne sta continuamente al cellulare, e quando non sta al cellulare cazzia Zerbini per qualcosa che ha appreso al cellulare. Selvaggia, che si è tolta uno dei suoi stivali di feltro, mi ha messo un piede sulla patta. Tra una portata e l'altra scopro che in Russia il caviale te lo tirano dietro e che l'in-

salata russa si chiama insalata Olivier, dal cuoco francese che la inventò per uno dei tanti zar, e cerco di tornare nel me stesso di prima, ossia in Bruno Bruni, e di architettare qualcosa per imprimere una svolta decisiva al Grande Romanzo Italiano, altro che *Ma che bontà ma che bontà ma che cos'è questa robina qua*. Però, a parte scrivere sul tovagliolo per una ventina di volte la frase *Il mattino ha l'oro in bocca*, non vengo a capo di nulla.

Il direttore ha una moglie scheletrica troppo impegnata a controllarsi il trucco nello specchietto Chanel per accorgersi che le figlie, due gemelle sui vent'anni devo dire piuttosto carine, si alzano ogni tre minuti per andare in bagno. Zerbini mangia.

Segue, in un salone attiguo che nel frattempo si è riempito di russi che conoscono l'italiano e di nostri compatrioti espatriati, la serata a inviti per la presentazione del libro della Creso. Che a un tratto, contrariamente a quanto ha appena detto il professore di Lingua e Letteratura Italiana presso la locale università incaricato di introdurla al pubblico moscovita, esordisce affermando di non aver mai sentito il bisogno di leggere Elsa Morante, cosa che provoca un gran brusio nella sala piena di russi coi capelli bianchi. Poi dice:

«Scrivere è confrontarsi con l'ignoto, con ciò che non conosci. Io racconto con ali di farfalla.»

Smetto subito di ascoltarla, e penso al fallimento di Bruno Bruni come scrittore. Dovrebbe esserci lui su quel palco e in cima a tutte le classifiche di vendita, non Porscia Creso. Dovrebbe esserci lui in tutti gli istituti italiani di cultura e in tutte le biblioteche e in tutti i festival e in tutte le librerie e in tutte le rassegne letterarie e in tutte le pasticcerie e in tutti gli agriturismi dove presentano i loro libri il suo idolo Alessandro Baricco e con questo Antonio Scurati e Tiziano Scarpa, Roberto Saviano e Francesco Piccolo, Andrea Camilleri e Gianrico Carofiglio. Lui col suo Grande Romanzo Italiano. Se penso che in questo stesso istante da qualche parte su questo stesso pianeta perfino Giuseppe Culicchia sta presentando il suo nuovo romanzo mi viene un ictus, dice il Bruno Bruni che alberga da qualche parte dentro di me. Già.

Dovevo venire a Mosca per rendermi conto del mio fallimento, dice il Bruno Bruni che alberga da qualche parte dentro di me. Come Napoleone. E Hitler. Entrambi seppero di aver perso la guerra qui, a Mosca. Qualcosa dunque mi accomuna a Napoleone e a Hitler. Ma mentre il primo finì i suoi giorni esiliato in terra straniera, probabilmente avvelenato dagli inglesi a Sant'Elena, il secondo preferì organizzarsi un vero Crepuscolo degli Dei a Berlino. C'è modo e modo di fallire, insomma. E credo che Hitler, grande melomane e appassionato non solo di Anton Bruckner ma com'è noto anche di Richard Wagner, abbia potuto perfino sentirsi sottilmente appagato, lì, nel bunker, al momento di suicidarsi, per la riuscita a suo modo spettacolare del grandioso Crepuscolo degli Dei che si era organizzato. Forse per Hitler la sua fine è stata, da un certo punto di vista, il successo più grande. Più della presa del potere, più della conquista di Parigi.

Ecco, dice il Bruno Bruni che alberga da qualche parte dentro di me, qui a Mosca stasera ho capito che se non mi riuscirà di scrivere il Grande Romanzo Italiano, se su quel palco e in cima a tutte le classifiche di vendita deve stare al posto mio Porscia Creso, allora, forse, proprio nel fatto di scomparire, dissolvermi in quanto Bruno Bruni e assumere l'identità di Nanni Moretti stanno il mio fallimento e il mio successo, la mia fine e il mio principio. Questo mondo infame mi prende per il culo dalla mattina alla sera, premiando Porscia Creso e compagnia cantante, anzi scrivente, tra cui l'immarcescibile Giuseppe Culicchia? E io prendo per il culo il mondo infame. Voi non mi invitate in quanto Bruno Bruni, autore del Grande Romanzo Italiano che per carità non ho mai scritto anche per colpa di Antonio Franchini ma che se solo lo scrivessi sarebbe davvero il Grande Romanzo Italiano? E io divento Nanni Moretti e mi faccio invitare in quanto tale. Certo il massimo della perversione sarebbe stato rubare l'identità a Giuseppe Culicchia e farmi invitare in quanto Giuseppe Culicchia. Ma grazie al cielo non assomiglio per niente a Giuseppe Culicchia. Senza contare che Nanni Moretti è infinitamente più celebre di Giuseppe Culicchia e

quindi posso farmi invitare in posti infinitamente più fighi rispetto a quelli dove viene invitato Giuseppe Culicchia. Posso perfino camparci, con questa storia che se mai dovessi scrivere un giorno intitolerei... intitolerei... *Essere Nanni Moretti*. E se mai volessi fare uno scherzo ad Antonio Franchini gliela potrei mandare... a nome di Giuseppe Culicchia. Anche se a dirla tutta a questo punto una parte di me vorrebbe più che altro farne un film. Comunque eccomi qui, a Mosca. Dove prima Napoleone e poi Hitler hanno dovuto ritirarsi. Sì, d'accordo, loro prima avevano vinto ad Austerlitz e Tobruk. Ma io alla fine mi sono sbarazzato di Bruce Sterling. E ora mi trovo a uno sputo dal Cremlino. Tutto spesato. Mi vedi, mondo infame, su Google Maps? Tiè, mondo infame.

In cima al palco Porscia Creso continua a blaterare su cose tipo l'ispirazione che le arriva da lassù eccetera, ma io continuo a non ascoltarla. In fin dei conti non mi sta nemmeno sul cazzo, Porscia Creso. Mi è indifferente. Siamo di due categorie diverse. Lei ha scritto un bestseller, che è ben altra cosa dallo scrivere il Grande Romanzo Italiano. Il suo successo, per quanto grande, è destinato a esaurirsi: prima o poi arriverà qualcun altro al posto suo, così com'è stato per tutti i fabbricanti di bestseller, da Lara Cardella in poi. Successo è il participio passato di succedere, diceva giustamente Flaiano. Il mio fallimento in quanto Bruno Bruni invece durerà per sempre, è destinato a stagliarsi nell'Eternità. Per quanto riguarda il mio essere Nanni Moretti, invece, che rivalità può mai esserci tra una scrittrice di bestseller e un cineasta?

Improvvisamente mi sento meglio e inizio a chiedermi che cosa potremmo combinare assieme questa notte io, Selvaggia e le due gemelle. Ma Selvaggia non è tipo da prestarsi a queste cose, a meno che le due gemelle non abbiano una società di produzione cinematografica, e forse ora che ci penso nemmeno Nanni Moretti. A parte il fatto che le due gemelle... sono sparite. Peccato. Finita la presentazione, il professore russo di Lingua e Letteratura Italiana corre da me e mi fa:

«Che ne dice? Mi si nota di più se vengo e me ne sto in disparte

o se non vengo per niente?» E si mette a ridere, dandomi di gomito. Dopodiché aggiunge: «Ma senta, per curiosità, una particina, un cammeo per me, ci sarebbe, nel suo film? Sa, ho fatto la comparsa al Bolshoi ma ho sempre desiderato fare l'attore al cinema. Tra l'altro: possiamo farci una foto assieme, che così la faccio vedere a mia moglie?».

Io gli rispondo:

«Le parole sono importanti. Cacare, non cagare. Fica, non figa.»

Lui mi guarda basito. E se ne va.

Il giorno dopo visitiamo il Cremlino, gli ex grandi magazzini GUM ora pieni di mafiosi del posto e griffe italiane, la cattedrale di San Basilio, il mausoleo di Lenin, una mostra di matrioske e svariate stazioni della metropolitana piene di affreschi e lampadari. Quando torniamo all'Ukraina, che col suo gotico stalinista conserva un certo fascino malgrado sia stato fagocitato dalla catena Radisson, incrociamo nella hall gremita di uomini d'affari e puttane a dire il vero stupende, la Creso e Zerbini, già di partenza.

«Andiamo a Parigi, dove mi verrà conferito il Premio Gogamigoga» ci spiega lei. «Perché non venite anche voi? Sa, se fosse uno scrittore non glielo chiederei, sono tutti così invidiosi, intimamente convinti di meritarsi di più anche se hanno appena vinto il Nobel. Ma lei fa il regista, e avere Nanni Moretti alla mia premiazione sarebbe un po' la ciliegina sulla torta.»

Io e Selvaggia ci guardiamo. E ci capiamo al volo: Porscia Creso sarà anche Porscia Creso, ma vuoi mettere Mosca con Parigi?

«Beh, sarebbe bello» le fa Selvaggia alias Lilli Gruber. «Ma i nostri biglietti di ritorno sono per l'Italia...»

«E che problema c'è? Zerbini, chiami il professor Mangia e gli faccia subito prendere due biglietti Mosca-Parigi per il dottor Moretti e la sua assistente.»

Zerbini molla a terra le valigie ed esegue.

«Chiedo scusa, ma chi è il professor Mangia?» indago così per fare il Nanni Moretti, con una voce che perfino il vero Nanni Moretti prenderebbe per sua.

«Il presidente del Premio Gogamigoga» mi spiega la Creso. «Non si preoccupi: con tutti i finanziamenti che gli ho fatto avere da Roma, mi deve altro che due biglietti. E comunque, non sapevo che avesse cambiato idea su Alberto Sordi.»

La guardo, senza capire.

«Chi? Io?»

«Sì, l'ho letto in quell'intervista che ha dato a "Pantelleria Tremila".»

A Parigi

A Parigi arriviamo nel primo pomeriggio e naturalmente dopo gli attentati l'aeroporto pullula di militari in mimetica col fucile-mitragliatore spianato, ma io che non ci metto piede da una vita, ovvero da quando diciottenne ci venni in treno per la gita con la scuola, non bado più né a Porscia né allo Zerbini, che si sono accomodati sul sedile posteriore e discettano di terrorismo islamico come due esperti della CIA, e stretto a Selvaggia sul sedile di mezzo del taxi formato SUV guidato da un tassista africano che profuma di... un misto di mango e salame, direi, guardo la città dal finestrino come dall'obiettivo di una cinepresa, mentre incrociando qua e là altre pattuglie in uniforme ci dirigiamo all'Hotel Costes, dove da quel che ho capito durante il volo pare alloggino solo attori e modelle e stilisti e rockstar, cosa che se fossi qui in veste di quell'altro me stesso mi farebbe dubitare di essere ammesso a mia volta a soggiornarvi. Ma adesso come adesso sono Nanni Moretti, perciò non faranno storie. Certo qui potrei davvero imbattermi in qualcuno che lo conosce di persona. Ma rispetto a qualche settimana fa mi sento più tranquillo. Anche Selvaggia dice che più andiamo avanti con questa storia più sono Nanni Moretti. Perciò anche se andiamo a sbattere contro chessò, Silvio Orlando, non importa.

Quello che importa sono i lungosenna e gli alberi e i tetti e i camini e le brasserie e i boulevard e i fiorai e i ponti e i gatti e le baguette e i bistrot e gli ingressi del metrò e le vetrine delle pasticcerie

e quelle delle librerie soprattutto antiquarie e le gallerie e i cortili e le finestre e i caffè e i dehors e i camerieri e i tavolini e le panchine e i parchi e i portici e oh ma questa è l'Île Saint-Louis e poi guarda là Notre-Dame e subito dopo Saint Michel con Rue des Arts e poi il Pont Neuf con dietro place Dauphine e poi laggiù il Quai Voltaire e le chiatte e i Sapeurs-Pompiers e l'Île du Vert-Galant e allungando il collo al massimo intravedo anche il Pont des Arts, che voglia di andarci e appoggiare i gomiti al parapetto e guardare il fiume e gli alberi e le nuvole, dopodiché il taxi attraversa la Senna e negli occhi mi entrano il Louvre e Place du Carrousel e nuovi fiorai e bistrot e altre baguette e brasserie, e alle nostre spalle la Creso sta discutendo al cellulare col professor Mangia di questa premiazione che se non ho inteso male si terrà in ambasciata, e a un tratto mi chiede qualcosa e io annuisco anche se a dire la verità non ho idea di quale sia la domanda, perché in testa ho solo Parigi, Parigi, Parigi, e fanculo a tutto il resto, rischio attentati compreso. A quel punto, il Bruno Bruni che alberga in me mi dice: che peccato non avere ancora ricevuto alcuna risposta da Antonio Franchini. Sono certo che mi sarebbe bastato un suo parere positivo per partire in quarta con il Grande Romanzo Italiano. E il prossimo anno il Premio Gogamigoga lo avrebbero dato a me. Come sarebbe bello se con Selvaggia potessimo fermarci qui, sospira il Bruno Bruni che alberga in me. Smettere i panni di Nanni Moretti e fare lo scrittore a Parigi, come Owen Wilson in *Midnight in Paris*. Beh, però anche fare il regista non sarebbe male, gli dico, mentre attraversiamo Rue de Rivoli e all'altezza del Palais Royal svoltiamo in Rue Saint-Honoré. Quindi faccio ancora in tempo a intravedere Place Vendôme e pochi metri dopo ci fermiamo.

Mi volto. Eccolo, infine. L'Hotel Costes. Con una Lamborghini gialla che sembra appena uscita di fabbrica parcheggiata davanti. In ogni caso escludo che Silvio Orlando guidi una macchina simile.

Da Costes

Da Costes scopro che il professor Mangia ha provveduto a sistemare me e Selvaggia in una delle suite, un trionfo di tappezzeria porpora, moquette rossa e mobili in legno massiccio dalle fogge classiche firmato da un certo Jacques Garcia. Non mi sembra vero. E non appena il fattorino sistema i bagagli e ci lascia soli, corro a controllare il contenuto del frigobar.

«Oh! Questo sì che è un albergo!» esclamo, eccitatissimo.

«Birra ce n'è?» mi fa Selvaggia.

«Champagne Krug.»

«Preferisco il Crystal.»

«Guarda che anche il Krug ha delle cose da dire.»

Non faccio in tempo a godermi la suite che Selvaggia, parecchio su di giri, mi fa:

«Cazzo, vieni! Lascia perdere il frigo e andiamo a vedere chi c'è al bar.»

«Chi c'è?»

«Cazzo ne so, ma qualcuno dev'esserci per forza. Anche Cindy Sherman quando viene a Parigi alloggia qui. Magari la incontro. Ma metti che c'è... Vincent.»

«Vincent chi?»

«Cassel, no?»

Faccio del mio meglio per starle dietro lungo il corridoio. Dopo-

diché prendiamo l'ascensore, e una volta arrivati al bar... scopriamo che è deserto.

«Ma dove cazzo sono?» sbotta.

«Chi?»

«Ma, non lo so, tutti. Alain Delon. Mathieu Kassowitz. Vanessa Paradis» mi fa lei, delusa. «Devono esserci.»

Il bar del Costes è un trionfo rococò esaltato dalle luci soffuse che squarciano la penombra rossa. Selvaggia chiede a una cameriera bellissima il tavolo vicino al camino. La cameriera bellissima si mette a ridere e dice che non esiste perché l'ha prenotato proprio Alain Delon. Dunque almeno Alain Delon deve farsi vivo. La cameriera bellissima ci fa accomodare dalle parti del bar. La cameriera bellissima ci ignora per quasi un'ora. Nell'attesa Selvaggia si spara una quantità enorme di selfie in tutte le posizioni possibili. Poi richiamiamo con non poche difficoltà l'attenzione di un barista anche lui bellissimo. Già che siamo sul conto del Premio Gogamigoga prendiamo un cocktail. Due Kyr Royale. Cinquanta euro. Neanche tanto, considerato che a Torino per due cappuccini in un bar qualsiasi di via Garibaldi se ne spendono quattordici. Selvaggia gongola:

«Quanto siamo fighi?»

«*Quanto siamo fighi?* Ma come parli?»

«Me l'hai detto come Bruno Bruni o come Nanni Moretti?»

«Come Nanni Moretti.»

«Allora te lo concedo.»

Arriva Alain Delon in compagnia di una ragazzina seminuda. Siedono al tavolo vicino al camino. Ed ecco che al bar si materializza anche Vincent Cassel. Pure lui scortato da una bellissima ragazza seminuda. No, due.

«Nannì! Salut!» mi fa. Ha un'aria strana, come se fosse stupito di vedermi.

«Ciao, Vincent!» dico io.

Per un istante chissà perché torno quello di prima e temo che si avvicini e che, conoscendo il vero Nanni Moretti, finisca per sga-

marmi, ma per fortuna è più interessato alle due ragazzine seminude che lo accompagnano e a quella seduta al tavolo di Alain Delon, anche se trova il modo di lanciare una lunga occhiata a Selvaggia. La quale, da parte sua, non sta più nella pelle.

«Cazzo cazzo cazzo c'è Vincent, capisci? E ti ha riconosciuto! Cioè, pensa che tu sia Nanni Moretti. Presentamelo subito!»

«Selvaggia, ragiona: come faccio a presentartelo? È evidente che i due si conoscono. Magari si sono visti l'altro ieri a Roma, hanno imbastito un discorso, va' a sapere. Metti che per una stupidaggine quello s'insospettisce e chiama il vero Nanni Moretti e ci scoprono...»

«Ma cazzo non capisci che un'occasione del genere per un'attrice capita una volta sola nella vita?» s'inalbera lei.

«Selvaggia, se ci scoprono hai idea dei casini in cui finiamo? Ci chiederanno di rimborsare tutti i soggiorni che ci siamo fatti in giro per l'Italia e non solo. Poi non le vedi quelle due che stanno con lui? Avranno la metà dei tuoi anni, scusa.»

Lei guarda le due.

«E va bene. Colpita e affondata.»

«Senti, forse è meglio se andiamo» le sussurro.

«Perché?»

«Beh, perché non so se l'hai notato, ma Cassel mi ha guardato strano. Più che altro non vorrei che avesse già incrociato l'altro Nanni Moretti da qualche parte prima di venire qui.»

Selvaggia inarca le sopracciglia.

«Tu dici?»

«Beh, sai, un conto è aggirarci per Noli, e un conto è venire a Parigi. I francesi vanno pazzi per l'altro Nanni Moretti e figurati se lui non bazzica questa città.»

«Pensa se la premiazione della Creso fosse stata a Roma.»

«Non avremmo accettato l'invito.»

A un tratto, una voce si rivolge a noi in italiano:

«Allora, andiamo?»

Ci voltiamo. Nella penombra del bar dell'Hotel Costes, la faccia della Creso mi ricorda vagamente quella del colonnello Kurtz.

«Il professor Mangia e gli altri ci stanno aspettando in ambasciata» ci informa Zerbini.

«Sì, in effetti ci stavamo muovendo anche noi» dice Selvaggia.

E mentre seguiamo verso l'uscita l'Onorevole scrittrice e il suo portaborse, imbattendoci in Vanessa Paradis o comunque in una che le somiglia moltissimo, ho come un attacco di panico e sussurro alla mia complice:

«Ascolta, e se in ambasciata troviamo l'altro Nanni Moretti?»

«Ma no, stai tranquillo. Perché altrimenti la Creso ti avrebbe invitato?»

Cerco di stare tranquillo. Poi però sul taxi che ci porta all'ambasciata superiamo il colonnato del Palais Royal e allora mi viene in mente quel vecchio film ambientato proprio qui a Parigi, *Sciarada*, nel quale Walter Matthau nei panni di Carson Dyle si fa passare per Hamilton Bartholomew... in un'ambasciata, quella americana.

«Selv... cioè, Lilli» mormoro mentre il taxi supera Place des Victoires incrociando una squadra di parà che sembra uscita dalla *Battaglia di Algeri*, «io voglio scendere.»

«Non si può» mi fa lei, stringendomi forte la mano. «A questo punto non si può.»

Cazzo

«Cazzo hai che non va? Paura di una bomba?»

«Macché. Perché me lo chiedi?»

«Boh, mi sembri strano. Tutto va alla grande, ci hanno messi in questo cinque stelle strafigo con piscina tutto gratis per una settimana, e tu te ne stai lì a rimuggire.»

«Rimuggire?»

«Eh, sei lì che pensi, no? Non si dice così?»

«Rimuginare.»

«Quello che è. Comunque: cazzo hai che non va?»

Uhm. Mi ha sgamato. Inutile cercare scuse.

«Vedi, Selvaggia, a parte il fatto che questa vita che facciamo è del tutto aleatoria...»

«Ale che?»

«Diciamo provvisoria...»

«Dimmi quanti sono oggi gli italiani che non fanno una vita provvisoria» mi interrompe lei.

«Sì, certo, ma la nostra è anche proditoria. Comunque, io... io, ecco, tu lo sai, non è che abbia mai voluto davvero diventare Nanni Moretti. Io... volevo scrivere il Grande Romanzo Italiano. E il fatto di non esserci riuscito, l'avervi a tutti gli effetti rinunciato... perché un conto è farmi passare per Nanni Moretti, e un altro è scrivere una cosa per una collana intitolata Casi Umani fingendo di avere il morbo di Werner come mi ha proposto quella testa di cazzo di

Mordecai, ecco, per me... per me, a dirla tutta, è motivo di grande frustrazione... insomma: è come se mi fossi arreso, arreso... alla mia intrinseca... mediocrità. Ecco, l'ho detto. Come sosia di Nanni Moretti sono il Numero Uno, ma come me stesso sono un mediocre.»

«Non dirlo a me, guarda. E mi fa incazzare da morire 'sta storia. Solo perché non ho mai avuto i soldi per studiare recitazione all'Actors Studio come Marlon. Cioè, ti rendi conto? Potrei essere la nuova Garbo, potenzialmente.»

«Comunque non dobbiamo arrenderci» le dico, per tirare su entrambi. «Hai presente la Notte di Siviglia?»

«La Notte di Siviglia? Che roba è? Un'opera lirica?»

«No, una partita di calcio.»

«E che c'entra, scusa?»

«C'entra. Eccome se c'entra. Per Notte di Siviglia si intende l'incontro di calcio tra le nazionali di Germania Ovest e Francia giocato l'8 luglio del 1982 allo stadio Ramón Sánchez Pizjuán, gara valida come semifinale del Campionato del Mondo poi vinto dall'Italia.»

«Ah. Non avevo idea che ti interessassi di calcio.»

«Infatti non m'interesso di calcio. Non me ne potrebbe fregare di meno. Ma quella partita, che pure è stata definita la più bella di sempre con Italia-Germania quattro a tre ai Mondiali di Messico '70, non è una semplice partita di calcio. È una *Weltanschauung*.»

«Una Ueltanscià?»

«In tedesco significa concezione del mondo.»

«Scusa ma non ci sto capendo un cazzo.»

Con aria perplessa, attacca a rollarsi una canna.

«Ti spiego. In quei giorni in Spagna il termometro segnava quaranta gradi, con picchi di quarantasei nel pomeriggio. E le due squadre arrivarono in condizioni diverse: la Germania, malgrado le attese della vigilia della manifestazione, si era qualificata dopo degli ottavi e dei quarti di finale giocati in modo mediocre: pare che quelli del Bayern litigassero con quelli dell'Amburgo, che non volevano in squadra un certo Breitner, e che l'atmosfera negli spogliatoi fosse pessima. Oltretutto Rummenigge era infortunato. La Fran-

cia invece aveva sorpreso tutti per la qualità del suo centrocampo, nel quale spiccava il quartetto Tigana, Trésor, Giresse e Platini...»

Mi squadra, esterrefatta.

«Sia come sia, la partita venne sbloccata al diciassettesimo minuto da un certo Pierre Littbarski, che malgrado il nome francese e il cognome polacco giocava nelle file della Germania. La Francia tuttavia pareggiò appena dieci minuti dopo con un rigore di Platini. Nel secondo tempo nessuna delle due squadre riuscì a segnare, e i tempi regolamentari si conclusero in parità. Fu così che nel primo tempo supplementare, al novantaduesimo, per la Francia segnò Trésor. E al novantottesimo, una rete di Giresse portò il risultato sul tre a uno. Insomma: la Francia dominava, la Germania boccheggiava, e chiunque in quel momento avrebbe detto che i tedeschi erano spacciati. Ma a quel punto, l'allenatore della Germania, Herr Jupp Derwall, fece entrare Rummenigge, che non era partito tra i titolari perché come ti ho detto era infortunato. Malgrado le sue condizioni fisiche, fu proprio Rummenigge a segnare il gol del due a tre, al centoduesimo minuto, tra l'altro con un tocco di esterno da una posizione quasi impossibile. E nel secondo tempo supplementare, quando la Germania giocava con ben quattro attaccanti, perché oltre a Littbarski e Fischer e Rummenigge era entrato anche Hrubesch, proprio quest'ultimo al centottesimo minuto liberò con un colpo di testa in area Fischer, che segnò la rete del tre a tre con una rovesciata da antologia...»

Prendo fiato. Lei mi guarda allucinata, anche se deve ancora fare il primo tiro.

«A quel punto finirono anche i tempi supplementari, e come da regolamento si andò ai rigori. Dopo cinque tiri dal dischetto per parte e due errori, uno del tedesco Stielike e l'altro del francese Six, il risultato si portò sul sette a sette. E allora si andò ai rigori a oltranza, consapevoli che al primo errore la propria squadra sarebbe stata condannata. Il francese Bossis si fece parare il tiro dal portiere tedesco Schumacher. Per i tedeschi invece si fece avanti Hrubesch, che senza nemmeno aggiustarsi la palla sul dischetto segnò con

un tiro di potenza. E la Germania Ovest, già data per spacciata, si guadagnò la finale.»

«E però perse contro l'Italia» mi fa notare lei. «Questo lo so anch'io! Avevo solo tre anni ma me lo ricordo! I miei si presero una ciucca epocale e mi tennero sveglia tutta la notte, facendo festa in strada.»

«Il fatto che poi abbiano perso in finale contro l'Italia non importa» le dico. «In finale di partita tutti perdiamo sempre. Quello che conta è battersi fino in fondo, anche quando la sconfitta sembra inevitabile. Senza mollare mai. Non solo oltre il novantesimo ma anche oltre i supplementari. Fino all'ultimo secondo dell'ultimo minuto.»

«Ma tu come fai a sapere tutte queste cose su quella partita tra Francia e Germania del 1982?»

«Da ragazzino, prima di voler diventare Alessandro Baricco, e senza sapere che un giorno sarei diventato Nanni Moretti, avrei voluto essere Karl-Heinz Rummenigge.»

In ambasciata

In ambasciata mi guardo attorno cercando di non avere l'aria di un Nanni Moretti che si guardi attorno per controllare che non ci sia l'altro Nanni Moretti. Ma il buffet è stato curato da Scabin, uno chef stellato, e di conseguenza anche se si tratta di una serata letteraria il posto è pieno di gente, e benché lì per lì non avvisti nessun pericolo non mi sento tranquillo. Il professor Mangia, un tipo che definire untuoso è un eufemismo, accoglie Porscia Creso come se fosse la Madonna e subito dopo mi omaggia dei suoi saluti, prendendomi per un braccio e dicendomi:

«Che ne dice? Mi si nota di più se vengo e me ne sto in disparte o se non vengo per niente?» Si mette a ridere, dandomi di gomito. Dopodiché aggiunge: «Ma senta, per curiosità, una particina, un cameo per me, ci sarebbe, nel suo film? Sa, ho sempre desiderato fare l'attore. Tra l'altro: possiamo farci un selfie, che così lo metto sul sito del Premio e sulla mia pagina Facebook?».

Sia come sia, il fatto che abbia salutato me significa che sono l'unico Nanni Moretti della serata. E quando alcuni dei francesi presenti si danno pure loro di gomito dicendo *Mais oui, c'est lui, Nannì Morettì,* mi sento decisamente sollevato. Intanto il professor Mangia è salito sul palco allestito in fondo all'enorme salone di rappresentanza. Afferra il microfono. Lo agita. Ci soffia sopra.

«Embè? Funziona? Funziona o non funziona?»

Non funziona. Accorre la sua segretaria accompagnata da una ragazza che deve essere una dipendente del Premio.

«Ma insomma!» sbotta il professor Mangia. «Non lo vedete che il microfono non funziona? Cosa siete, anche cieche oltre che sorde e deficienti? Quando distribuivano i cervelli voi dov'eravate? Possibile che tutti i casi di cretinismo capitino a me? Possibile che non siate capaci di far niente? Siete delle merde, ecco che cosa siete!»

Le due poverette si adoperano per porre rimedio, facendo segnali disperati al ragazzo dietro il mixer.

«ALLORA? FUNZIONA O NON FUNZIONA 'STO CAZZO DI MICROFONO?» urla il professor Mangia spaccando le orecchie alla totalità dei presenti, visto che il microfono ora funziona.

«*Ah, les italiens!*» sento dire da qualcuno alle mie spalle.

La cerimonia può iniziare. Il professore ringrazia: l'ambasciatore e la sua gentile consorte per l'ospitalità, la città di Parigi, la città e la provincia di Torino, la regione Piemonte, il ministro dei Beni Culturali, il ministro degli Affari Esteri, il ministro della Pubblica Istruzione, il ministro delle Attività Produttive, il ministro del Turismo e dello Spettacolo, il ministro dell'Agricoltura, tutti i giornalisti presenti fatti arrivare dal Premio espressamente dall'Italia, e infine, *last but not least*, anche l'Onorevole Porscia Creso che tanto si è adoperata perché al Premio venissero assegnati i cospicui finanziamenti necessari alle sue molteplici attività nonché testimonianza della sua alta valenza culturale.

«A scanso di equivoci» aggiunge il professore, «ci tengo a sottolineare che contrariamente a tanti altri premi letterari, e visto il luogo dove ci troviamo non facciamo i nomi per carità di Patria, il premio Gogamigoga è un premio pulito!»

Segue la proclamazione.

«E proclamiamo vincitrice di questa decima edizione del Premio Gogamigoga...», il professor Mangia esita, e strappa la busta con il nome della premiata con studiata lentezza, così da creare il famoso effetto suspense. Quindi, esibendo un'espressione di *sincero* stupore, esclama: «L'Onorevole Porscia Creso, con il romanzo *Ma che bontà ma che bontà ma che cos'è questa robina qua*».

Applausi.

«Scrivere è affrontare l'ignoto» proclama lei. «Io scrivo con ali di farfalla.»

Altri applausi, un po' meno convinti. Ma forse è solo perché a questo punto tutti abbiamo fame.

Grazie al cielo nel salone a fianco, ancora più grande del primo, c'è un ricco buffet a base di prelibatezze piemontesi fatte arrivare espressamente dalla provincia di Cuneo, e dunque agnolotti del plin, arrosto di fassone, bagna cauda, carne cruda della Granda che almeno in teoria dovrebbe essere tagliata al coltello, vitello tonnato, bunet, panna cotta.

Mentre con Selvaggia ci avviciniamo, noto che il buffet a cura del celebre chef Scabin è stato sistemato su una... diligenza? Parrebbe di sì. Una diligenza con tanto di cavalli e vetturino, e due sommelier in veste di valletti. Ci appropinquiamo ai vassoi, subito imitati da tutti i presenti. Mi rendo conto che la sala pullula di italiani residenti qui o arrivati apposta per la premiazione della Creso.

«Non sapevo che a 'sto giro si candidasse anche tua figlia.»

«No, è mia nuora. Mia figlia l'ho messa nel mio staff per farla stare col fidanzato.»

«Che è il figlio del senatore?»

«No, il nipote. Lo sanno anche le pietre che il senatore è gay.»

«Ma va'? E perché in questi anni si è sempre battuto contro le unioni gay?»

«Il suo fidanzato, assunto come staffista, è gelosissimo, e lui non voleva correre il rischio di doverselo sposare. Infatti ora che le cose sono cambiate pare che il loro rapporto sia in crisi.»

Io e Selvaggia afferriamo un piatto e un calice a testa, e stiamo per prendere anche le posate ma... le posate si spostano. O meglio, si sposta la diligenza: il vetturino ha schioccato la lingua, facendo avanzare di un paio di metri i cavalli. Ci guardiamo basiti, alla pari di tutti i presenti.

«Ma basta, vi prego, non parliamo più di politica.»

«E nemmeno di crisi della politica. O anche solo di crisi e stop.»

«Voi per chi votate alle primarie?»

«Ma la carne cruda laggiù? Sarà proprio tagliata al coltello?»

«E tua moglie è sempre in assessorato?»

«Sì, ma adesso si fa chiamare col cognome da nubile. Sai com'è, di questi tempi. Dimmi di tuo figlio, piuttosto.»

«Ah, ti ringrazia tanto per quell'appalto.»

Io e Selvaggia ci facciamo nuovamente sotto e stavolta acchiappiamo le posate, subito imitati da tutti i presenti. Ma non facciamo in tempo a riempirci i piatti che il vetturino schiocca di nuovo la lingua e i cavalli avanzano di un altro paio di metri, spostando ancora la diligenza. Io e Selvaggia ci guardiamo sconcertati, alla pari di tutti i presenti.

«Pensa che ho ordinato "*Un thé au citron s'il vous plaît*" e il cameriere mi fa "*Pressés?*" e io senza pensarci gli dico "*Oui*" e lui allora mi porta una spremuta fatta con due limoni, aveva capito *deux citrons* anziché *un thé au citron*, roba da matti.»

«Guarda, tutti questi discorsi sulla crisi della politica mi hanno proprio stancata.»

«E quelli sulla crisi economica no?»

«Ma quant'è ingrassata? E la pappagorgia?»

«A casa mia solo vini Gaja, *ça va sans dire*.»

«*Ah, les italiens!*»

Io e Selvaggia ci rifacciamo sotto, e lestissimi riusciamo a riempirci i piatti di agnolotti del plin. Ma quando ci sporgiamo per arrivare alla carne cruda e al resto, il vetturino schiocca un'altra volta la lingua. I cavalli avanzano un altro po', e la diligenza con loro. Io e tutti i presenti lanciamo un'occhiataccia al vetturino, che però ci dà le spalle. Qualcuno protesta educatamente.

«Può fermarsi per cortesia?»

Selvaggia è più diretta.

«Cazzo fa 'sto stronzo?»

Ma nessuno le fa caso.

«E la carne cruda? L'avranno tagliata al coltello?»

«Tu quanto ti fermi a Parigi?»

«Tutta la settimana. Tanto paga il Premio.»

«E dire che qui in ambasciata ero sicura di incontrare Carlà.»

«Mah, sai, dopo che han trombato Sarkò deve aver ridotto le sue apparizioni.»

Io e Selvaggia ci rifacciamo sotto ancora una volta. Riesco a mettermi nel piatto una fetta di vitello tonnato, mentre lei arpiona una porzione di arrosto, e veniamo imitati da tutti gli altri. Ma non facciamo in tempo a completare il rifornimento che il vetturino schiocca di nuovo la lingua. Stavolta però cavalli e diligenza non accennano a fermarsi, ma continuano ad avanzare piano. Tutti siamo costretti a servirci andandogli dietro. Nessuno è ancora riuscito a farsi versare da bere dai sommelier, che dall'alto dei loro posti a sedere sulla diligenza osservano la scena impassibili.

«Ma tu dimmi che roba!»

«Non si può fermare in qualche modo?»

«E tuo fratello cosa fa?»

«Per adesso è il mio autista.»

«Non potevi inventarti una consulenza?»

«Guarda, noi siamo in sei, tra fratelli e sorelle. In totale abbiamo venticinque figli. E li ho sistemati tutti, dal primo all'ultimo. Ma mio fratello ha la terza media, che consulenza gli do?»

«Vi prego non parliamo di politica. E smettiamola anche con questa benedetta crisi, che non se ne può più.»

«*Ah, les italiens!*»

Dato che la diligenza non accenna a fermarsi, io, Selvaggia e tutti gli altri ci affanniamo per mettere le mani sulla carne cruda della Granda. Comincia a serpeggiare palpabile un certo malumore. Il professor Mangia ci affianca.

«Ecco, qui c'è l'invito per una festicciola in onore della premiata. Saremo pochi intimi, una serata all'insegna della semplicità, a casa mia, che poi è la sede del Premio.»

Mi fa l'occhiolino.

«Siete già riusciti ad assaggiare la carne cruda? Com'è? L'hanno poi tagliata al coltello? Mi sono tanto raccomandato.»

Quai Saint-Michel

Quai Saint-Michel, c'è scritto in corsivo sull'invito che ci ha passato il professor Mangia. E quando arriviamo al numero civico indicato, io e Selvaggia ci guardiamo con tanto d'occhi.

«Ohibò» mi scappa, «ma è proprio di fronte a Notre-Dame.»

«Porca troia, certo che 'sto professor Mangia si sa muovere.»

«Ho capito, ma... *di fronte* a Notre-Dame, ti rendi conto?»

«Eh.»

«Sarà uno dei cinque posti più cari al mondo!»

«Fai sei.»

«E come fa un professore a permetterselo? Ha detto che è casa sua.»

«Poi però ha aggiunto: la sede del Premio.»

«Non capisco.»

«Pensaci.»

Selvaggia suona il campanello con su scritto "Prof. Mangia - Gran Premio Gogamigoga Paris".

«Sììì?» risponde una vocina femminile. Mi pare di riconoscere quella della segretaria del professore.

«Nanni Moretti» dice Selvaggia.

«Buonasera» ci fa la voce, aprendo. «Quarto piano.»

Saliamo.

«Oh, ma benvenuti, benvenuti!» ci accoglie festante il professor

Mangia quando entriamo nell'appartamento. A Selvaggia fa il baciamano. A me l'occhiolino. Sull'abito blu indossa una collana di fiori in stile hawaiano. «Gradite una flûte di champagne?»

Un domestico che sembra un guerriero Masai, anche perché è vestito da guerriero Masai, è piantato di fianco all'ingresso con un vassoio carico di flûte.

«Grazie, volentieri.»

«Accomodatevi pure» ci fa il professore, mentre il campanello suona e il guerriero Masai risponde al citofono.

«Sììì?»

«Ma...» dico a Selvaggia sottovoce, «allora... ci ha risposto lui... io credevo che lo avesse fatto... la segretaria del professore...»

«Eh» si limita a dire Selvaggia.

«Eh cosa?»

«Eh» si stringe nelle spalle lei.

L'appartamento, pareti bianche con stucchi e decori, parquet tirato a lucido e tappeti dall'aria molto costosa, è illuminato gradevolmente da una sorta di catalogo di lampade Artemide. Un gran numero di invitati ci ha preceduti: riconosco gli assessori al Loisir e all'Entertainment di Comune, Provincia e Regione con i relativi portaborse e staffisti, e con loro i giornalisti delle testate più importanti. Sono pronto a sparare a raffica le mie frasi alla Nanni Moretti, ma tutti sono troppo impegnati a mangiare le prelibatezze piemontesi esposte sul grande tavolo al centro del soggiorno, che per fortuna non è trainato da cavalli, tra cui agnolotti del plin, carne cruda della Granda che si spera sia stata tagliata al coltello, arrosto di Fassone, vitello tonnato, che tra l'altro sta finendo, bunet e panna cotta, per badare al fatto che alla festicciola è arrivata la ciliegina sulla torta, cioè Nanni Moretti. Per cui anche io e Selvaggia ci precipitiamo senza nemmeno toglierci le giacche e ci accaparriamo quel che resta del vitello tonnato. Il guerriero Masai intanto ha lasciato il vassoio: adesso si aggira per l'appartamento con... la segretaria... del professor Mangia... che cammina a quattro zampe... facendosi tenere al guinzaglio.

«Ma che ci fa quella così?»

«Dice il professore che è una metafora.»

«Di cosa?»

«Ah, questo non lo so. Forse della decadenza dell'Occidente.»

«Per favore non apriamo l'argomento crisi.»

«Pare che a Roma stiano pensando di organizzare le primarie del PD con il format di "X Factor".»

«Beh, finalmente una bella idea.»

«Buona questa carne cruda della Granda, ma l'avranno veramente tagliata al coltello?»

«Hai visto che pappagorgia?»

«Per piacere non parliamo della crisi.»

«E nemmeno di politica.»

«Voi per chi votate alle primarie?»

«E a "X Factor?"»

«E allo Strega?»

«Venite, venite a vedere!» strilla a un tratto il professore, invitando i presenti a raggiungerlo sul balcone. «Passa un bateau-mouche!»

Tutti si precipitano al balcone senza mollare i rispettivi piatti ricolmi di agnolotti del plin e carne cruda si spera tagliata al coltello e vitello tonnato e arrosto di Fassone e bunet e panna cotta esibendosi in acrobazie per non far cadere posate e flûte, seguiti a ruota da portaborse e staffisti. Ci affacciamo anche io e Selvaggia, a nostra volta alle prese con piatti, posate e flûte.

«Guardate! Guardate le luci dei bateau-mouches come illuminano Notre-Dame!» gongola il professore. «Ah, che spettacolo! Che spettacolo!»

«È proprio uno spettacolo!» concordano tutti.

«Che spettacolo!»

«Veramente uno spettacolo!»

«Uno spettacolo da sogno!»

«Bravo, professore!»

«Sapete, quando cercavo la sede parigina del Premio e ho visto questa vista, perdonate il gioco di parole, non ho saputo resiste-

re. E dalla mia camera da letto si ammira anche il retro della cattedrale, sapete?»

«Ma va'?»

«Venite, venite, che vi faccio visitare la casa.»

Qualcuno mugugna, forse perché come me e Selvaggia vorrebbe poter continuare a mangiare e bere in santa pace. Ma il professore è un gran trascinatore, e poi siamo tutti qui a Parigi a spese sue. Cioè del Premio. Cioè degli sponsor pubblici e privati. Cercando di non far cascare il cibo dai piatti, di non far cadere le posate e di non rovesciare lo champagne, anzi rifornendoci nuovamente al grande tavolo apparecchiato al centro del soggiorno, seguiamo il professore, che stasera è davvero di ottimo umore.

«Ecco, questo è il bagno padronale.»

«Ooohhh.»

«Questo è il mio studio.»

«Ooohhh.»

«E qui c'è la camera da letto.»

«Ooohhh.»

«Venite, venite!» esclama a un tratto il professore, invitandoci a raggiungerlo sul balcone della camera. «Sta passando un altro bateau-mouche!»

Qualcuno sbuffa ma subito ci accalchiamo per dargli la soddisfazione.

«Che simpatico, il professore.»

«Volevo chiedergli se mi paga l'albergo per altre tre notti. Secondo te?»

«Ma certo. Passa per burbero ma ha un cuore d'oro. Basta che gli scrivi un bell'articolo al ritorno.»

«Ah, ma è il minimo.»

«Guardate, guardate le luci del bateau-mouche che illumina il retro della cattedrale! Guardate che spettacolo!»

«Oh, che spettacolo!»

«Davvero uno spettacolo!»

«Che spettacolo meraviglioso!»

«Complimenti, professore!»

Passato il bateau-mouche, torniamo dentro e defluiamo dalla camera da letto. E proprio mentre esco dalla stanza, e qualcuno mi fa la battuta *Mi si nota di più* eccetera, mi accorgo che da sotto il letto spunta... una parrucca rosa.

«Venite, che vi mostro la camera per gli ospiti, il bagno di servizio, la cucina, la sala da pranzo e il giardino pensile.»

«Il giardino pensile? Che meraviglia!»

Intanto ci ha raggiunto anche la premiata, Porscia Creso, con l'inseparabile Zerbini. Mi chiedo perché non sia stato invitato il mio idolo crossdisciplinare, Gianluigi Ricuperati. Ma già, lui è sempre in giro per il mondo, l'ultima volta che ho dato un'occhiata alla sua pagina Facebook era appena tornato da New York e stava andando in Grecia passando per l'Islanda. Comunque potrebbe sempre palesarsi, in fin dei conti dalla porta d'ingresso continuano ad arrivare ospiti, tra cui... Giuseppe Culicchia.

«Oh, no» faccio a Selvaggia. «Che dici, teliamo?»

«Volentieri, cazzo. Aspetta solo che m'infilo nella borsa due o tre tartine.»

Ma ti pare possibile

«Ma ti pare possibile che da Costes non abbiano i gelati Häagen-Dazs?» sbotta Selvaggia, stranamente nervosa la sera dopo la premiazione. «Io voglio un gelato Häagen-Dazs fragola e cioccolato. Subito.»

Sono le dieci e mezzo, e dopo una giornata a spasso per Parigi con l'intralcio di parà e marò in mimetica e armati fino ai denti ma senza più l'ingombro della Creso, durante la quale abbiamo fatto il pieno di locali tra cui Café de Flore, Brasserie Lipp, La Closerie des Lilas e La Palette, tutto va da sé a spese del Premio Gogamigoga e grazie al cielo senza più imbatterci in Giuseppe Culicchia, Selvaggia mi ha appena fatto chiamare il concierge per chiedergli di procurarle un gelato Häagen-Dazs fragola e cioccolato, cosa che il tipo si è rifiutato di fare senza nemmeno dirmi *Je suis désolé, Monsieur.*

«Vabbè, dài» provo a calmare Selvaggia. «Domattina andiamo da Häagen-Dazs e ti togli lo sfizio.»

«Ma io ne ho voglia *adesso,* non domattina. *Adesso,* capisci?»

«Ho capito, Selvaggia. Ma se in questo hotel non tengono i gelati Häagen-Dazs che posso farci?»

«Cazzo, Bruno» mi fa lei. È la prima volta da quando ho assunto l'identità di Nanni Moretti che mi chiama col mio vero nome.

«Dimmi.»

«Cazzo cazzo cazzo.»

«Che c'è?»

«C'è che... credo... di essere... incinta.»

«Credi... di essere... incinta?»

«Eh. Sai, quella roba che dopo nove mesi nasce un bambino. O una bambina.»

Per un lungo istante la fisso senza sapere che cosa dire. Poi le dico: «Beh, in qualche modo faremo.»

«Cazzo, ma ti rendi conto? L'unica ad avere un lavoro serio ero io, e mi hanno licenziata.»

«Ma adesso io sono Nanni Moretti.»

«Sì, ma mica possiamo comprarci i pannolini, col fatto che sei Nanni Moretti.»

«Qualcosa succederà. Intanto vado a cercarti il gelato.» Faccio per mettermi la giacca, poi mi fermo. «Ma da quando sei incinta?»

«Boh. Un mese, credo.»

L'abbraccio, e le sfioro la pancia. Mi chino all'altezza dell'ombelico.

«Ehi! Mi senti? Chi sei?»

Selvaggia ride.

«Dài, ti prego, adesso vai che sto impazzendo dalla voglia di gelato Häagen-Dazs fragola e cioccolato.»

«Corro. Ma dove lo trovo a quest'ora a Parigi un gelato Häagen-Dazs fragola e cioccolato?»

«Vai a Les Halles. A Les Halles c'è un Häagen-Dazs. L'ho visto stamattina.»

Quando scendo in strada mi affretto lungo Rue Saint-Honoré senza badare alle vetrine dei negozi e cerco di non pensare al fatto che dovrò inventarmi qualcosa per crescere e educare questo coso che al momento soggiorna nell'utero di Selvaggia, ma non è facile. Che cosa gli o le dirò, quando sarà grande abbastanza da capire con chi ha a che fare? Papà campa facendosi passare per Nanni Moretti?

A un tratto, ho la sensazione che tre neri autoctoni conciati da rapper mi stiano seguendo. Sarà che se io accelero il passo mi sembra che loro facciano lo stesso. Sarà che sto per incrociare un arabo conciato da rapper pure lui. Sarà che l'arabo conciato da rapper mi guarda fisso negli occhi con aria sprezzante costrin-

gendomi ad abbassare lo sguardo. Sarà che altri due neri autoctoni conciati da rapper sono sbucati fuori dal Forum des Halles e vengono dritti verso di me. Sarà che mi sembra di essere sul set di *La Haine* ma questo non è un film. Sarà che sono l'unico bianco nei dintorni. Sarà che non so che cazzo fare. Sarà che d'istinto mi metterei a correre ma dove. Sarà che forse è meglio comportarsi come con i cani di taglia grossa e camminare come se nulla fosse fingendo indifferenza. Sarà che m'imbatto nelle vetrine illuminate del McDonald's di Les Halles. Ma che vogliono 'sti negri e 'sto beduino?

Varco la soglia del McDonald's di Les Halles.

Inspiro a fondo.

Una nube tossica di fritto e rifritto mi si installa nei polmoni e nei bronchi.

Tossisco.

Butto fuori la nube tossica di fritto e rifritto appena inspirata.

Dietro la linea delle casse individuo i dipendenti del McDonald's di Les Halles.

E adesso?

E adesso non posso fare a meno di notare tre cose.

La prima cosa che non posso fare a meno di notare è che tutti i dipendenti del McDonald's di Les Halles sono neri autoctoni.

La seconda cosa che non posso fare a meno di notare è che sono l'unico cliente del McDonald's di Les Halles.

La terza cosa che non posso fare a meno di continuare a notare è che anche nel McDonald's di Les Halles sono l'unico bianco, oltretutto non autoctono.

Do un'occhiata ai menu al neon sopra le casse ma non faccio in tempo a scegliere nulla che mi vedo arrivare addosso un nero autoctono con l'aria del buttafuori.

«*On est férmé!*» mi fa.

«*Mais moi...*»

«*On est férmé!*»

«*Mais je suis Nannì Morettì...*» abbozzo.

«*On est fermé!*» ribadisce lui, prendendomi per un braccio e accompagnandomi alla porta.

«*Je voudrais seulement...*»

Niente. Non è vero che a Parigi tutti sanno chi è Nanni Moretti. Mi deposita fuori dal locale e dopo essere rientrato chiude a chiave la porta. Lo vedo premere un pulsante sulla parete alla sua destra. La saracinesca inizia a scendere. Faccio per aprire bocca, ma lui di là dal vetro scuote la testa e dice qualcosa ai tipi dietro la linea delle casse che si mettono a ridere e sia lui sia loro mi guardano come se fossi... non Nanni Moretti... no... ma un Bruno Bruni qualsiasi.

Mi volto.

Sugli scalini di fronte al McDonald's di Les Halles.

Sugli scalini di fronte al McDonald's di Les Halles, lì dove intorno a una fontana oggi ho notato che di giorno volteggiano gli skater.

Sugli scalini di fronte al McDonald's di Les Halles, lì dove intorno a una fontana oggi ho notato che di giorno volteggiano gli skater, vedo subito i cinque neri autoctoni e l'arabo con i loro vestiti da rapper. Mi fissano. Niente da fare. Sono nella merda. Selvaggia, devo chiamare Selvaggia. Ma se estraggo il cellulare questi me lo asciugano. E poi Selvaggia è incinta. Non posso spaventarla. Ci vorrebbe un colpo di genio. Che cosa farebbe al posto mio, crossdisciplinariamente, Gianluigi Ricuperati?

«*Qu'est-ce que t'as à regarder, toi?*»

L'arabo. L'arabo mi si è materializzato davanti. A un tratto vengo travolto da un'ondata di panico che si insinua in ogni mia fibra. Ora mi uccideranno. Mi uccideranno decapitandomi dopo avermi fatto indossare una tuta arancione. Ma prima mi chiuderanno in una gabbia e mi daranno fuoco. E mi faranno sparare alla nuca da un bambino in tuta mimetica. Perché sono bianco. Perché sono occidentale. Perché in quanto bianco e occidentale li ho colonizzati schiavizzati sfruttati rapinati impoveriti emarginati. Perché ai loro occhi discendo dai Crociati e dai parà della battaglia di Algeri. Perché in tasca ho uno smartphone. Perché loro vogliono il mio smartphone. Perché col mio smartphone faranno esplodere una

bomba per provocare una strage. Perché noi occidentali a casa loro abbiamo fatto un mucchio di stragi. Perché gli americani finanziano e riarmano gli israeliani. Perc...

«*T'es quoi? Americain? Anglais?*» Mi squadra dalla testa ai piedi.

«*Non, je suis Nannì Morettì*» dico.

Sputa a terra.

«*C'est italien!*» grida agli altri.

«*Italien?*» fa il nero più alto. «*Pizzà! Mandolinò! Berlusconì!*»

I neri autoctoni che sono con lui ridono. L'arabo no.

«*Italien... comme ce fils de pute de Materazzì*» sibila, sputando nuovamente a terra.

In un amen i neri autoctoni conciati da rapper mi hanno circondato. Solo ora noto che tutti portano i jeans Levi's rigidi di tre taglie più grandi. Tutti calzano scarpe Nike. Tutti indossano felpe grigie. Tutti sfoggiano cappellini da baseball blu. Ecco, penso, adesso mi accoltellano.

«*Mecs! Les flics!*»

D'incanto, mentre alzo gli occhi e avvisto un'auto provvista di lampeggianti al fondo di Rue Berger, i neri autoctoni si disperdono, trasformandosi in ombre nella notte, e l'arabo mi sorride come se fossimo amici, e mi saluta, allontanandosi. L'auto della polizia avanza lentamente. Mi raggiunge. Si ferma. Ne scendono due poliziotti.

«*Monsieur, vos documents d'identité, s'il vous plaît.*»

Estraggo il portafogli dalla tasca interna della giacca, e prendo la carta d'identità intestata a Nanni Moretti. E se si accorgono che è falsa? La esaminano, rigirandola da una parte e dall'altra. Un poliziotto fa vedere qualcosa al collega. Mi guardano.

«*Vous êtes... Giovannì Morettì?*»

«*Oui...*» dico, esitante. Ora questi mi arrestano per furto d'identità, truffa aggravata e continuata, ricettazione e uso di documenti contraffatti.

I due poliziotti confabulano. Forse era meglio se mi facevo semplicemente rapinare dai neri autoctoni e dall'arabo.

«*Giovannì Morettì... dit Nannì? Le metteur en scène?*»

«*Oui...*» ripeto, chiedendomi se non sia una domanda trabocchetto che comporterà un aggravio di pena, il carcere di Fresnes, la ghigliottina.

Invece, entrambi portano la mano al berretto.

«*Enchanté, Monsieur Morettì! Mais qu'est-ce que vous faites ici à cette heure ci?*»

«*Je cherche une glace Häagen-Dazs. Pour ma femme. Elle est enceinte.*»

«*Venez avec nous, Monsieur Morettì.*»

Che facciamo?

«Che facciamo?»

La domanda aleggia nella suite dell'Hotel Costes, che domani dovremo lasciare.

«Guarda che stanotte mi è andata di lusso. Prima mi sono visto accoltellato, poi arrestato.»

«E invece i poliziotti ti hanno accompagnato a prendere il mio Häagen-Dazs. Chi l'avrebbe detto, quei bruti.»

«Sì, d'accordo, ho avuto culo. Ma ora è tutto cambiato, Selvaggia. Ora siamo incinti. Dobbiamo venire fuori da questa storia.»

«Quale storia?»

«Questa. Questa storia. Questa storia di Nanni Moretti.»

«Ma perché?»

«Perché te l'ho già detto, non possiamo mica diventare genitori girando così da un posto all'altro come gli zingari. I bambini quando nascono bisogna registrarli all'anagrafe, hai presente? E quando cresce? Come glielo spieghiamo che papà si chiama come un regista famoso ma i soldi dei film vanno a quell'altro? E poi ti ripeto, un conto siamo io e te che campiamo così e ci spostiamo da un posto all'altro, da un albergo all'altro, da un ristorante all'altro, e un conto è farlo con un neonato. No, Selvaggia, anche se io rispetto a quando abbiamo iniziato mi sento sempre più Nanni Moretti, ti dico che alla lunga non può funzionare. E poi... e poi Nanni Mo-

retti una cosa del genere non la farebbe mai. Nemmeno come Michele Apicella.»

Per un po' restiamo in silenzio. Poi lei mi fa:

«Cazzo, forse hai ragione. Dobbiamo trovare un'altra soluzione. Però io adesso sono appena all'inizio della gravidanza. E domani dobbiamo lasciare questa suite. Perciò la mia proposta è: cerchiamola, quest'altra soluzione, ma diamoci ancora qualche mese di tempo per trovarla. Non è che partorisco domani. Nove mesi sono tanti.»

«Non sono già più nove.»

«Otto, d'accordo, ci restano otto mesi.»

«Fai sette. Non sei più una ragazzina, e magari l'ultimo mese avrai bisogno di riposo.»

«Cos'è? Hai fatto un figlio con un'altra e non me lo hai mai detto?»

«No. Nella mia vita precedente ho tradotto un'enciclopedia medica.»

Ad Altamura Perugia Rimini

Ad Altamura Perugia Rimini Cesenatico tra una cosa e l'altra ci fermiamo circa tre mesi. Tutti con una passione sfrenata per la storia locale.

«I primi insediamenti...»

«Al tempo di Roma...»

«È stato durante il Medioevo che...»

«Poi, nel corso del Rinascimento...»

Al Maestro Nanni Moretti eccetera.

«Che ne dice? Mi si nota di più...» Dopodiché: «Ma senta, per curiosità, una particina... Tra l'altro: possiamo farci un selfie, che così lo metto su Facebook?».

«Buongiorno, avrei da vendere alcuni volumi riccamente illustrati di storia locale.»

«Dio mio che nausea.»

«E da grande farà il regista o la regista?»

«Ci dispiace, ma il numero da lei chiamato risulta inesistente o non raggiungibile.»

«Come dice? L'agenzia non solo non assume più alcun copy per via della crisi che ha ridotto drasticamente la pubblicità, ma ne ha appena licenziati quattro?»

Poi, in albergo, io mi stendo sul letto accanto a lei e metto una mano sul suo pancione e aspetto di sentire qualcosa che si muove e alla luce soffusa della lampada nell'angolo parliamo.

«Non so più chi sono, Selvaggia.»

«Sai, cazzo, io me ne sono fatta una ragione: non farò mai l'attrice, e nemmeno la musicista o la giocoliera o la ballerina di tip-tap. E non sarò mai la nuova Cindy Sherman. Le cose vanno così. Non si può ottenere sempre tutto quello che si vuole. E poi pensa che noia un mondo dove tutti fossero davvero i propri idoli. Pensa quante Lady Gaga.»

«Lo so, lo so, siamo tutti Salieri. Anzi, neanche. Salieri almeno un lavoro vero ce l'aveva. E sapeva di essere Salieri. Io invece... sarà che da bambino imitavo le voci degli altri... sarà che per una vita ho campato da traduttore, dunque di nuovo imitando le voci degli altri... fatto sta che a questo punto mi chiedo: ma chi sono, io?»

«Tu sei tu.»

«A volte penso che forse io sono io solo quando sono gli altri. Forse la mia essenza sta nell'essere di volta in volta un altro. Ecco: io fondamentalmente sono un altro. Ma per mia fortuna, non sono Giuseppe Culicchia.»

Non so poi com'è che quella sera acconsento a seguirla in discoteca. In discoteca a Gabicce. Lei incinta. Io cinquantenne. In un posto che si chiama Baia Imperiale. E lì, quando il mangiafuoco al centro della piscina dà fuoco a un tipo che avvolto dalle fiamme si butta in acqua mentre tutto intorno ragazzine seminude si sparano selfie mostrando la lingua con tanto di immancabile piercing, mi dico che la prossima volta prima di mettere piede in un locale farò meglio a dare un'occhiata su YouTube.

https://www.youtube.com/watch?v=av2QYaR5U2Y

Mentre passeggiamo

Mentre passeggiamo mano nella mano sul lungomare di Pescara, incrociamo un'altra coppia con tanto di passeggino futurista che pare un'astronave e infante strepitante, cosa che a dire il vero m'inquieta non poco, perché subito penso che tra non molto toccherà a noi, e sto per dire a Selvaggia che a breve dovremo procurarci un trabiccolo magari un po' meno voluminoso di quello quando la madre del bambino mi fa:

«Di nuovo!»

Lì per lì aggrotto la fronte interdetto, poi però mi dico che deve trattarsi di uno sfogo: è palese che la minipeste sta dando loro il tormento.

«Ma quante fidanzate ha?» dice l'uomo alla donna, sottovoce ma non abbastanza perché io non senta. «E poi poco fa non aveva una polo rossa?»

E allora comprendo il vero significato di quel *Di nuovo,* e raggelo.

«Selvaggia, teliamo. Subito.»

«Che c'è?»

«Nanni Moretti.»

«A Pescara?»

«Eh.»

«Dove?»

«Non lo so. Però quei due col passeggino lo hanno incrociato poco fa da qualche parte. E lui ha una polo rossa.»

«Cazzo! Ma sei sicuro?»

«Temo proprio di sì. Scappiamo!»

Faccio per mettermi a correre trascinando Selvaggia con me, ma poi mi rendo conto che non sapendo dov'è il vero Nanni Moretti rischiamo di andare a sbatterci contro. Mi blocco dove sono.

«Beh? Cheffai?» mi strattona lei.

«Non sappiamo dov'è. Può essere ovunque.»

Selvaggia scruta la spiaggia e il lungomare, davanti e dietro di noi.

«Non lo vedo.»

«Ha una polo rossa.»

«Zero polo rosse.»

«Là!» indico un puntino rosso alle nostre spalle.

«Quello è un bagnino» mi rassicura lei.

Per fortuna ci viene incontro un ambulante africano carico di ogni sorta di mercanzia, tra cui cappelli e occhiali da sole. Compro un finto Borsalino bianco modello Panama, e un finto paio di Ray-Ban. Ma poi noto che l'ambulante si trascina dietro anche... degli ombrelli rosa. Quando gliene chiedo uno lui mi fa:

«No ombrello. Parasole.» E ride.

«Guarda che con un parasole rosa sei ridicolo e ti si nota di più» mi fa notare Selvaggia.

Ma non faccio in tempo a ribattere e nemmeno a contrattare con l'africano: non appena vedo un uomo con la barba e una polo rossa venirci incontro dalla spiaggia, metto una banconota da cinquanta euro in mano all'ambulante e con uno scatto degno di un Usain Bolt con tanto di parasole rosa CORRO via, via, via.

Ma ti rendi conto

«Ma ti rendi conto che mi hai lasciata lì come una cretina, cazzo?»

«Scusami.»

Siamo in albergo. Dove abbiamo rimesso piede solo dopo che Selvaggia si è accertata tramite il concierge che non ci fosse un'altra stanza prenotata a nome Nanni Moretti. Chiusi a chiave nella nostra camera.

«Ma comunque non ti ha rivolto la parola» le dico.

«No. Mi ha solo guardata.»

«Beh, ti ha guardata perché sei una bella figliola.»

«Non lo so. Aveva uno sguardo strano.»

«Tu dici che sa?»

«Non ne ho idea. Ma mi sono sentita come radiografata.»

«Perché sei figa, te l'ho detto.»

«No. Non in quel senso.»

«Insomma, secondo te ci stava dando la caccia.»

«Non ho detto questo. Dico solo che mi hai mollata lì e sei scappato.»

«Che dovevo fare? Sono io che me ne vado in giro spacciandomi per lui.»

«Sì, ma io sono tua complice. Senza contare che sono la tua fidanzata, e che in teoria sarei anche la prossima madre di tuo figlio o di tua figlia. E già sto in paranoia che in quanto fidanzata di Nan-

ni Moretti incinta se per disgrazia c'imbattiamo in Roberto D'Agostino e finiamo su "Dagospia" siamo fottuti.»

«Non succederà più» le dico, arrossendo.

«Lo spero bene.»

«Ma adesso che facciamo?»

«Ce ne andiamo.»

«E se lo incontriamo uscendo dall'albergo? Oppure alla stazione?»

«Mica possiamo stare qua in eterno. L'accordo col sindaco era che ci fermavamo una settimana. Dunque domani ce ne dobbiamo andare. Anzi, secondo me è meglio se teliamo subito: metti che il vero Nanni Moretti è venuto qua proprio per un sopralluogo, e che in questo momento sta parlando col sindaco.»

«Ossignoreiddio, hai ragione! Andiamocene!»

Balzo su dal letto e comincio a ficcare la mia roba alla rinfusa in valigia, poi però mi fermo.

«Aspetta» dico a Selvaggia, «prima forse è meglio se mi taglio la barba.»

«Ma se ti tagli la barba non sei più Nanni Moretti.»

«Appunto.»

«E come ce la sfanghiamo da qui in avanti?»

Il trillo del cellulare

Il trillo del cellulare mi sorprende mentre sto cercando di fare il mio riposino post-prandiale dopo aver mangiato a spese del Comune di San Benedetto del Tronto, dove ci siamo rifugiati dopo Pescara, da cui abbiamo tagliato la corda in taxi. Ma Selvaggia? Dov'è? Ah, già, è andata a fare una passeggiata. Controllo il numero in entrata. Mordecai. Oh, no. E che gli dico a questo? Ancora non ho scritto neanche una riga. A parte il fatto che non lo so se mi va che mio figlio o mia figlia un giorno scoprano che papà è diventato famoso solo come caso umano.

«Pronto, Bruno?»

«Ciao, Mordecai.»

«Allora, come va? Hai cominciato a scrivere?»

«Scrivere? Beh, più che altro... ho cominciato a prendere appunti.»

«Bravo. L'importante è cominciare. Chi bene inizia è a metà dell'opera.»

«Ma se non sai nemmeno di che parla il romanzo» dico, senza specificare che in realtà non c'è proprio nessun romanzo.

«Tra l'altro: in Mondadori mi chiedono dove farti spedire il contratto» mi fa lui, senza badare a quanto gli ho appena detto.

«Uhm... in questo momento sono... fuori casa.»

«Beh, ma poi rientri, no?»

«No, volevo dire, nel senso, non sono a Torino.»

«Embè? Che problema c'è? Dammi l'indirizzo dove stai e te lo faccio mandare lì.»

«Ma, sai, sto girando, oggi sono qui, domani là.»

«Ho capito. Allora lo faccio mandare a me e appena hai finito i tuoi giri vieni a Milano e per festeggiare facciamo colazione assieme.»

«L'ultima volta mi hai offerto un toast nel bar sotto l'ufficio» gli ricordo. «Ed era anche bruciacchiato.»

«Stavolta ti porto da Nobu.»

«Sarebbe?»

«Come, *sarebbe*? Nobu. Sushi. Il ristorante sushi di re Giorgio.»

«D'Inghilterra?»

«No. Armani.»

Allora, conoscendo Mordecai, capisco. Tirchio com'è, se mi porta in un posto del genere significa che davvero crede che possa venire invitato da Fazio, vincere lo Strega e vendere tre milioni di copie.

«Mordecai, io... io non sto prendendo appunti. Io... non sto scrivendo proprio niente.»

«Cos'hai? Il blocco dello scrittore?»

«Forse.»

«Che vuol dire forse? Il blocco ce l'hai o non ce l'hai.»

«È che... in questo momento... della mia esistenza... non sono più... così sicuro... di voler fare... lo scrittore.»

«Ma che sei scemo? È una vita che mi rompi i coglioni per pubblicare con un grande editore e io non solo ti trovo il grande editore ma ti metto su un'operazione da paura che ti faccio diventare un caso umano e poi letterario che così poi vinci lo Strega e vendi tre milioni di copie e tu? Tu non sei più sicuro di voler fare lo scrittore? E che cos'altro vorresti fare? Continuare a tradurre?»

«No, io... io... io in questa fase mi sento più... regista, diciamo, che scrittore.»

Dall'altra parte sento un'espressione che non capisco, e che potrebbe essere una bestemmia in ebraico, ammesso che l'ebraico preveda le bestemmie.

«Stammi a sentire, Bruno: tu ora vai nella prima libreria che tro-

vi e ti compri l'ultimo Fabio Volo e te lo leggi e poi mi scrivi qualcosa di simile, va bene? Al resto ci pensano in Mondadori.»

«Ma io...»

«Niente ma, Bruno. A questo punto non puoi tirarti indietro. Datti una mossa e fai quello che ti ho detto.»

«E quale prendo di Volo?»

«E che ne so, io mica li ho letti.»

Parlo con l'assistente di Nanni Moretti?

«Parlo con l'assistente di Nanni Moretti?»

«Sì, sono io, Lilli Gruber. Con chi parlo?»

«Buongiorno, sono Eliana Rossi, la giornalista di "Pantelleria Tremila" che ha intervistato mesi fa il dottor Moretti al villaggio I Piddirini di Lampedusa.»

«Oh, buongiorno. Mi dica.»

«Vede, la chiamo perché il dottor Moretti mi aveva detto che il suo attore preferito, fin da piccolo, era Alberto Sordi.»

«Sì, ricordo.»

«Ecco, solo che ieri il dottor Moretti si è fatto vivo con il direttore, prima di tutto dicendole di non avere mai rilasciato quell'intervista, cosa che francamente mi sembra un po' strana, visto che è stato lui a concedermela, e ha citato quella scena in *Palombella rossa* in cui Michele Apicella, il suo alter ego, dice che uno si rovina la vita a farsi intervistare da un settimanale.»

«Sì.»

«E poi ha tenuto a specificare che in ogni caso anche se con Alberto Sordi si era chiarito una volta al Festival di Locarno per aver detto in *Ecce Bombo* quella frase *Italiani, ve lo meritate Alberto Sordi*, il suo attore preferito non è mai stato Alberto Sordi.»

«Sì.»

«Ora, il dottor Nanni Moretti ha chiesto al direttore una rettifica. E il direttore mi ha chiamata nel suo ufficio chiedendomi se io

l'intervista al dottor Moretti l'avessi fatta davvero o se me la fossi inventata. Tenga presente che mi pagano con i voucher e che di conseguenza rischio di perdere il lavoro. Può farmi parlare con il dottor Moretti, per cortesia? Vorrei soltanto chiedergli perché a me ha detto una cosa e al direttore invece ne ha detta un'altra.»

Selvaggia mi guarda. Allargo le braccia.

«Un attimo e vedo se il dottor Moretti può prendere la telefonata.»

Copre il cellulare con il guanciale dove spiccano ricamate le iniziali HC, che poi stanno per Hotel del Carmine, il più bell'albergo di Marsala, dove volendo si potrebbe davvero girare un film e dove abbiamo appena fatto una colazione sontuosa a base di torte e marmellate fatte in casa e dolci tipici siciliani, dopo essere stati accolti da un impiegato gentilissimo che mi ha sorriso dicendo *La stavamo aspettando*, evidentemente avvertito dal sindaco.

«Che faccio?»

«Beh, cazzo, dille che ti sei ricordato ora che in effetti l'intervista gliel'hai data, ma che quel giorno eri molto stanco, o se preferisci un po' brillo, e che vuoi parlare col direttore spiegando ogni cosa» mi suggerisce Selvaggia. La sua condizione inizia a vedersi di brutto.

«Ho capito, ma se poi loro non pubblicano la rettifica il vero Nanni Moretti torna alla carica.»

«Bah, penseranno che è un po' disturbato.»

«Tu dici?»

«Mica possiamo far perdere il lavoro a 'sta poveraccia.»

«Ah, questo no. Vabbè, passamela.»

Un'ora sola ti vorrei

Un'ora sola ti vorrei è una vecchia canzone. La cantava, negli anni Trenta, Fedora Mingarelli. Dopo di lei Ornella Vanoni, ma non solo. Pochi anni fa, la regista Alina Marazzi ha usato lo stesso titolo per il film dedicato alla madre, scomparsa quando lei aveva appena sette anni, e ricavato dai filmini recuperati per caso nella soffitta del nonno Ulrico Hoepli. *Un'ora sola ti vorrei,* mi ritrovo a canticchiare un pomeriggio passeggiando per Marsala mentre Selvaggia riposa nella nostra stanza all'Hotel del Carmine. Ora che mi chiedo se sarò in grado di essere un buon papà o se invece con l'età che ho non finirò per sembrare un nonno, ripenso a mio padre, e al fatto che in questo preciso momento della mia vita in realtà il mio desiderio più grande non è scrivere il Grande Romanzo Italiano e vincere il Premio Strega, e nemmeno girare il Grande Film Italiano e vincere il Leone d'Oro, ma poter tornare bambino anche solo per un'ora, e per un'ora stare di nuovo insieme con lui, dirgli tutte le cose che non gli ho detto quando avevo la possibilità di farlo. Succede a tutti, credo.

Mentre canticchio, noto un cartello che dice LOCASI. È il modo che hanno qui per dire AFFITTASI. Sorrido, pensando che al nostro arrivo qua ho notato un cartellone pubblicitario che reclamizzava una sala per pranzi di matrimonio sotto forma di TRATTENIMENTI. E però chissà perché mi viene in mente la casa della mia infanzia. Chissà chi ci abita, ora. A chi l'hanno venduta. Mi siedo

su una panchina di fronte al mercato coperto, e sullo smartphone vado su Google e digito il vecchio indirizzo di casa. E a questo aggiungo il nome del minuscolo paesino di campagna dove sono stato bambino. Dopo un secondo, oplà. Non è possibile, mi dico. *Lei*, proprio *lei*, è lì, sullo schermo. *La casa della mia infanzia*. Segnalata alla voce RUSTICI IN VENDITA come una casa qualsiasi, e per poche decine di migliaia di euro. Smetto di canticchiare. Non ci posso credere. Certo è cambiata rispetto a quarant'anni fa, almeno a giudicare dalla facciata: chi ha messo l'inserzione non si è preoccupato di fotografare anche gli interni. Ma non è cambiata tanto da non farsi riconoscere. La guardo a lungo, come si fa con i vecchi amori. Malgrado i segni del tempo, ai miei occhi è ancora bella. Ma soprattutto, mi è cara. Subito penso: la voglio. Voglio la casa dove ho imparato tutte le cose fondamentali. Voglio la casa dove mia madre mi ha cullato cantando vecchie canzoni. Voglio la casa dove mio padre mi cucinava piatti meravigliosi. Voglio la casa dove tornavo da scuola. Voglio la casa dove passavo ore a fissare il soffitto bianco sognando di essere altrove. Voglio la casa dove certe sere d'estate si riuniva tutta la famiglia, con la cucina che si riempiva di fumi e profumi. Voglio la casa dove certe mattine d'autunno ci si svegliava all'alba e si andava per funghi. Voglio la casa da dove partivo per le vacanze, felice di partire. Voglio la casa dove tornavo dalle vacanze, felice, in fondo, di tornare. Voglio la casa con i gatti nel cortile. Voglio la casa con la scala a chiocciola in ferro battuto. Voglio la casa dove mi nascondevo dietro il frigorifero quando ne avevo combinata una delle mie e sapevo che le avrei prese. Voglio la casa dove sono cresciuto. La casa dove c'era un padre che si prendeva cura di me. E dove non mi sono mai immaginato che un giorno anche io sarei diventato padre e avrei dovuto prendermi cura di un figlio, che poi non ho la più pallida idea di che cosa comporti. Ma a un tratto, mi rendo conto che in realtà non voglio la casa comparsa sullo schermo alla voce RUSTICI IN VENDITA, che peraltro, anche se costa poche decine di migliaia di euro corrispondenti a... almeno dieci o ven-

ti traduzioni di Bruce Sterling, non posso certo permettermi. Vorrei *quella casa* ma *quarant'anni fa*.

Allora mi alzo, riprendo a camminare nell'aria profumata di mare e nella luce accecante di Marsala, e al riparo degli occhiali scuri piango, e mi viene in mente il finale di *Palombella rossa*, con Michele Apicella che in quel momento è davvero Nanni Moretti che corre urlando disperato *Mamma! Mamma! Le merendine della mia infanzia! Le merendine della mia infanzia non torneranno mai!* E tra me e me, lungo una via che si chiama XI Maggio che però qui chiamano Cassero, riprendo a canticchiare *Un'ora sola ti vorrei.* Ma poi mi sembra di aver visto su un muro una faccia familiare, e torno indietro. E, fatti quattro passi, mi trovo davanti a un manifesto. Su cui spicca la faccia di Nanni Moretti. Quello vero. Ospite proprio qui a Marsala domani sera per la proiezione della copia restaurata di *Palombella rossa* nel cinema all'aperto della Biblioteca Comunale.

A Pechino

A Pechino, dove ci rifugiamo, c'è una cappa di smog che sembra di stare nella nebbia fitta. Il direttore dell'Istituto Italiano di Cultura si complimenta per il nascituro e ci spiega che la mostra attualmente in corso nei locali del medesimo, voglio dire dell'Istituto, non del nascituro, intitolata *Paesaggi brianzoli*, è opera di un pittore monzese sconosciuto ma suo concittadino. Ci spiega anche che la sua grande passione è la storia locale. Però locale nel senso di Pechino, non di Monza.

«Sapete, Pechino è la più grande città del mondo, si estende su sedicimila chilometri quadrati, poco più della metà del Belgio, e conta quasi venti milioni di abitanti.»

Malgrado ciò, nel suo ufficio ci imbattiamo in Porscia Creso. Che naturalmente è qui con il portaborse Zerbini per presentare ai pechinesi il suo bestseller *Ma che bontà ma che bontà ma che cos'è questa robina qua*. Il direttore fa per presentarci, ma lo blocco.

«Io e l'Onorevole ci conosciamo già» sorrido.

Porscia Creso mi lancia un'occhiata ostile.

«Ne è sicuro?»

«Beh, certo.»

«Ma lo sente, Zerbini? Che coraggio!»

Zerbini annuisce.

«In che senso, scusi?»

«Come, in che senso? Adesso mi conosce? E mi saluta?»

«E certo che la conosco e la saluto. Perché, non dovrei conoscerla e nemmeno salutarla?»

«L'ultima volta che ci siamo incontrati, a Roma, ha fatto finta di non conoscermi.»

«A Roma?»

«Alla libreria Feltrinelli in galleria Alberto Sordi. Lo Zerbini qui presente può testimoniarlo.»

Io e Selvaggia ci guardiamo. Zerbini tace, sta osservando uno dei quadri del pittore brianzolo sconosciuto.

«ZERBINI! CON LO STIPENDIO CHE LE PASSO! QUANDO LA INTERPELLO RISPONDA!» sbotta la Creso.

«Chiedo scusa, Onorevole, sì, Onorevole, lo Zerbini qui presente può testimoniarlo» conferma Zerbini.

«Zerbini, vuole ricordare al cosiddetto Maestro come si è comportato?»

«Ha detto e ripetuto di non conoscerla, Onorevole» mi ricorda Zerbini.

«Non solo. Ha addirittura negato di essere mai stato ospite mio e del professor Mangia a Parigi in occasione del conferimento alla sottoscritta del Premio Gogamigoga. Bella gratitudine! Ma del resto si era a Roma, giusto? Lei in Patria non vuol certo passare per uno che frequenta il famigerato Palazzo. Me lo ricordo, sa, anni fa, quel suo intervento in piazza Farnese. C'ero anch'io, sul palco, quando disse che con noi la Sinistra non avrebbe mai vinto.»

«Ma, guardi...»

«Ma che ma e ma. Lei è mezzo matto, se lo faccia dire. Tant'è che quando le ho ricordato l'intervista su "Pantelleria Tremila", dove diceva che il suo attore preferito era Alberto Sordi, cosa che quando l'avevo letta in effetti mi era parsa stramba, si è inalberato sostenendo di non avere mai rilasciato alcuna intervista a quella testata. Mentre a Parigi se la ricordava benissimo. Scommetto che si vergognava di ammettere che si era fatto intervistare da "Pantelleria Tremila" davanti alla commessa della Feltrinelli.»

«Beh, certo c'è gente che non si vergogna di niente» dico io.

«Come si permette?»

«C'è gente per esempio che vince premi letterari a cui in precedenza ha fatto ottenere lauti finanziamenti» aggiungo.

«Però all'ospitata a Parigi non ha detto di no, eh? Lei con i suoi girotondi, lei con i suoi caimani e portaborse... e mi viene a contestare un premio strameritato? Guardi, sa che le dico? Nella migliore delle ipotesi lei ha una doppia personalità.»

«E nella peggiore?»

«È solo uno snob, un radical-chic, cosa che del resto ho sempre pensato.»

«Sa che le dico io, invece, e qui mi rivolgo non alla scrittrice, ma all'Onorevole? Le dico che voi politici avete rubato il futuro a noi e ai nostri figli. Voi, con i vostri stipendi da nababbi e le vostre pensioni d'oro, per tacere di quello che vi mettete in tasca con le tangenti. Rossi, neri, sono tutti uguali. Perché quando si tratta di aumentarvi la paghetta siete sempre tutti d'accordo. Le persone normali sono costrette a campare con stipendi e pensioni da fame per mantenere voi. Sa quanto guadagna un traduttore a cartella? Dieci euro. Senza mutua, senza ferie, senza niente. Ecco perché poi va a finire che uno si accontenta delle briciole. Il vostro è un sistema ricattatorio. E con tutto quello che ho pagato di tasse in vita mia per non avere niente, e dico *niente* in cambio, se non una scuola disastrata, una sanità al collasso, trasporti da terzo mondo, una vecchiaia da incubo, l'essere venuto a Parigi certo non mi fa onore, ma allo stesso tempo non è altro che una restituzione assai parziale del maltolto.»

La Creso mi guarda con sufficienza mista a derisione.

«Dunque anche Nanni Moretti è diventato qualunquista.»

«Io non sono Nanni Moretti.»

«Ah, no? E chi sennò?»

«Sono... Michele Apicella. Anzi, nemmeno.»

«Ma questo è pazzo» sbotta la Creso, rivolgendosi a Zerbini. «Scommetto che ha un romanzo nel cassetto. Ce l'hanno tutti.»

Il direttore tossisce.

«Molto bene. Anche questa è fatta. Ora se volete vi faccio accom-

pagnare in albergo. Anzi, nei rispettivi alberghi. Immagino che preferiate non incrociarvi più.»

I rispettivi alberghi, viene fuori, stanno nello stesso viale però alle due estremità, e il viale è lungo quaranta chilometri. A Pechino io e Selvaggia ci fermiamo una settimana. Col fatto che ha venti milioni di abitanti e che è grande come mezzo Belgio la Creso non la incontriamo più.

Piazza Tienanmen.

Mausoleo di Mao Tse-tung.

Grande Muraglia.

Lombrichi allo spiedo.

Scorpioni alla griglia.

Anatra laccata.

Una cosa che noto con Selvaggia è che non si vedono cani per strada. E poi che i cinesi mangiano i vermi ma schifano il formaggio. Per cui, sorge spontanea una domanda: messi davanti a una forma di formaggio coi vermi, i cinesi piluccano?

«No, io e mia familia tolnati da Italia. Italia tloppa clisi. Plima o poi voi italiani emiglelete qui da noi, vedlà. E folse aplilete listolanti italiani, no? Pel noi cucina italiana tanto esotica. Lei folse conosce di pelsona cuoco stellato, il glande Callo Clacco?»

Poi cantieri immensi aperti ventiquattr'ore su ventiquattro e centri commerciali nei quali all'orario di chiusura risuona l'inno nazionale e tutte le commesse si mettono sull'attenti.

«Che dice? Mi si nota più se vengo e sto in dispalte o se non vengo pel niente?» E si mette a ridere, dandomi di gomito. Dopodiché aggiunge: «Ma senta, pel culiosità, una palticina, un cameo pel me, ci salebbe, in suo plossimo film? Sa, io semple desidelato fale attole, anche lecitato da giovane, ma poi epulato con Livoluzione Cultulale. Tla l'altlo: possiamo falci selfie, che metto sopla nostlo Facebook cinese?».

Poi, sarà il glutammato

Poi, sarà il glutammato, presente in massicce quantità nella cucina cinese, ma la notte mi sveglio in un bagno di sudore puzzolente, con addosso lo stesso tanfo che mi è uscito poco prima in bagno per via intestinale, e non riesco più a riprendere sonno. Penso al fatto che diventare padre cambierà la mia esistenza per sempre. E mi chiedo come. Non ho mai cambiato un pannolino in vita mia, tanto per cominciare. E poi dovrò preparare pappine la notte. E sterilizzare tettarelle. Questo sempre nella speranza che la creatura non scambi il giorno per la notte. Riemergono dalla confusione in cui versa la mia memoria frammenti di conversazioni tra neogenitori colte al volo su treni o al bancone di un bar. Poveri disgraziati con occhiaie da Nosferatu impossibilitati a dormire per mesi, se non anni. E poi queste misteriose colichette. E il rigurgito. E passata questa fase, quella del nido o della materna. E dunque malattie su malattie. Tossi, raffreddori, bronchiti, varicelle e magari anche pidocchi. Quindi la scuola elementare. I gruppi di genitori su WhatsApp. Le feste di compleanno. I compiti a casa. Poi l'adolescenza. Le prime droghe. Altre notti in bianco per via dell'angoscia da discoteca o perché mi toccherà fare da autista per e dalla medesima. Quindi i problemi derivanti da bullismo e forse anoressia. Infine il periodo non-studio-non-lavoro. Quanto mi costerà tutto questo in termini di salute, fatica, superlavoro, ansie, preoccupazioni, rinunce, nottate insonni? Selvaggia non ha ancora par-

torito che già io non dormo, complici il glutammato e il sudore e il tanfo. Io non lo so se sono pronto per fare il genitore. Io anzi lo so. Io so di non essere pronto. So anche che nessuno è pronto. Ma a me non me ne importa nulla se nessuno è pronto. Il problema è che *io* non sono pronto. Io. Nanni Moretti. Magari fossi davvero Nanni Moretti. Nanni Moretti di sicuro tutta questa angoscia non ce l'ha. Nanni Moretti se ce l'ha mai avuta l'ha sublimata realizzando i suoi film. Io come la sublimo? Forse la sublimerei scrivendo il Grande Romanzo Italiano. Ma quando lo scrivo questo Grande Romanzo Italiano? E soprattutto, come? A parte il fatto che secondo me lo sta già scrivendo, crossdisciplinariamente, Gianluigi Ricuperati. Cosa che a me non riuscirà mai. Ecco, a un tratto mi rendo conto che io non riuscirò mai a scrivere come Gianluigi Ricuperati. Calmati, mi dico, cercando di placare l'ansia. Calmati. Solo alla morte non si può porre rimedio. Ma questo nuovo pensiero non me la placa, l'ansia.

Pronto, è l'assistente di Nanni Moretti?

«Pronto, è l'assistente di Nanni Moretti?»

«Sì, sono Lilli Gruber. Con chi parlo?»

«Buongiorno dottoressa Gruber, sono Angela Savoldi, la segretaria di Alberto Barbera, il direttore della Mostra Internazionale d'Arte Cinematografica di Venezia.»

«Sì, certo. Buongiorno signora Savoldi.»

«Senta, la chiamo per questo motivo: Barbera è al corrente del fatto che il dottor Moretti è impegnato in una serie di sopralluoghi per il suo prossimo film, tuttavia avrebbe piacere di invitarlo a Venezia per un dibattito.»

«Un dibattito?»

«Sì, vede, quest'anno abbiamo una retrospettiva dedicata ad Alberto Sordi, e Barbera terrebbe molto alla presenza del dottor Moretti. Come lei sa meglio di me, il dottor Moretti e Sordi si erano poi... spiegati, ecco, a Locarno, molti anni dopo l'uscita di *Ecce Bombo*, e sarebbe bello se il dottor Moretti volesse regalarci la sua testimonianza preziosa in occasione della Mostra.»

Io faccio di no con la testa a Selvaggia, e con le labbra, senza emettere alcun suono, formulo la frase *Non se ne parla*. Finché si tratta di cenare con un sindaco o col direttore di un Istituto Italiano di Cultura, per carità, ma il dibattito no.

«In effetti» dice Selvaggia, «in questo momento il dottor Moretti è molto molto impegnato per questi suoi sopralluoghi, come lei

sa ama curare di persona ogni dettaglio, e temo sia molto difficile per lui riuscire a liberarsi.»

«Naturalmente sareste entrambi ospiti della Mostra, e per il disturbo del dottor Moretti è comunque previsto un gettone di presenza di...» Si ferma. Sentiamo distintamente che con la mano copre la cornetta, e voci attutite sullo sfondo. Poi la mano viene allontanata, e la Savoldi finisce la frase: «Ventimila euro».

Io e Selvaggia ci guardiamo.

VENTIMILA EURO.

E chi li ha mai visti tutti assieme? Fra tre mesi il bambino nascerà, e sarebbero manna dal cielo, come si dice. Stamattina tra l'altro mi sono sorpreso a pensare di essere contento di non aver mai visto *La stanza del figlio*. Solo col labiale e senza emettere alcun suono lei mi fa: *Cazzo, andiamoci!*

Sospiro.

Annuisco.

«Senta, ci pagate anche il viaggio?»

«Certo. Arrivate come al solito da Roma?»

«No, veramente questa volta arriveremmo da Pechino.»

La mano della Savoldi copre nuovamente la cornetta. Voci attutite in sottofondo. La Savoldi allontana la mano.

«Va bene. Ne ho parlato con Alberto Barbera e per noi non ci sono problemi.»

Selvaggia

Selvaggia adora farsi leccare la fica. E io adoro leccargliela. È una specie di rituale, il nostro. Però all'insegna dell'imprevisto. Può succedere al ristorante, a patto che la tovaglia sia abbastanza ampia da permetterle di nascondermi sotto il tavolo. Oppure in treno, sempre che si trovi uno scompartimento libero destinato a rimanere tale abbastanza a lungo. Gliel'ho leccata in auto, sulla lavatrice, su un'amaca da cui poi siamo caduti, su un tetto da cui poi per fortuna non siamo caduti, in nave, sulla neve, in spiaggia. Ora, per esempio, ho deciso di cominciare a leccargliela anche se sta dormendo, approfittando del fatto che, complice il caldo, lo fa senza neanche un lenzuolo a coprirla, e a gambe aperte. Mi faccio sotto piano piano, attento a non svegliarla. E una volta arrivato a un centimetro dal clitoride, che riposa ignaro di quanto sta per succedere al centro della fica ben rasata, attacco a leccarla con la punta della lingua, e con infinita delicatezza. Selvaggia sospira nel sonno. Cambia posizione, socchiudendo appena le cosce. Io, con grande dolcezza, gliele riapro un poco, approfittandone per accarezzarne l'interno, lì dove la carne è più morbida, setosa. Selvaggia sospira di nuovo. Io allora riprendo a leccarla, stavolta non sul clitoride ma intorno alle grandi labbra. Lecco prima a destra e poi a sinistra, e già che ci sono per tornare a destra passo sul perineo, soffermandomici un po'. Selvaggia sospira ancora. La capisco. In effetti una vorrebbe poter dormire in pace. Ma tant'è. Dischiudo con la lingua le piccole

labbra e torno a concentrarmi sul clitoride, prima leccando dal basso verso l'alto e poi facendo dei giri concentrici. Il clitoride da parte sua sembra apprezzare, perché comincia lentamente a gonfiarsi. Allora, con l'indice della mano destra, sfioro la base della vulva, lì dove le piccole labbra lasciano intravedere l'ingresso della vagina. Selvaggia geme. Mi accarezza i capelli. Deve essersi svegliata.

«Buongiorno!» le dico.

«Buongiorno, cazzo!» mi fa lei.

Riprendo a leccare con più decisione il clitoride. Selvaggia geme ancora. Proseguo nei miei giri concentrici per circa cinque minuti, poi passo nuovamente a interessarmi della parte esterna alle grandi labbra, e di tanto in tanto do una bella ripassata al perineo. Mai sottovalutare il perineo. Selvaggia geme più forte e mi afferra la testa con entrambe le mani. Buon segno. È il momento di dare qualche motivo di soddisfazione alle piccole labbra, sempre evitando di tornare a sfiorare il clitoride. Con il dito indice della mano destra mi soffermo di nuovo sulla base della vulva, ma senza entrare in vagina. Come per caso, con l'indice della mano sinistra opportunamente umettato sfioro l'ano. Selvaggia geme più forte. E il clitoride? Se ne sta lì, fremente, ad aspettare che qualcuno si decida a ricordarsi di lui. Do una passata leggera con la punta della lingua, niente di più. Selvaggia geme e mi fa:

«Cazzo sì!»

Lascio subito perdere il clitoride e torno a leccare la zona intorno alle grandi labbra, accarezzandole con entrambe le mani l'interno delle cosce. Selvaggia sospira. Vado avanti così per un bel po'. Poi, a un tratto, senza preavviso, mi stacco e la lascio lì. Selvaggia sospira. Conto fino a dieci, dopodiché mi tuffo sul clitoride e ricomincio a leccare come se non ci fosse un domani. Selvaggia geme, si contorce, ansima. Lascio di nuovo perdere il clitoride e le infilo l'indice della mano destra in vagina. Il dito, complici la mia saliva e gli umori di lei, scivola dentro senza incontrare la minima resistenza. Selvaggia mugola. È arrivato il momento di leccarle l'ano, cosa che la fa letteralmente impazzire.

«Sì, ti prego! Sì!» grida.

Smetto subito, sfilandole l'indice dalla vagina. Le lecco l'interno delle cosce, tenendomi lontano dalla zona calda, che tra parentesi è veramente calda. Di colpo, lascio perdere anche le cosce. Selvaggia ansima. Non sa più che cosa aspettarsi. Guardo il clitoride. Gonfio. Violaceo. Bagnato. E va bene. D'ora in poi, decido, mi dedicherò solo a lui.

Procedo.

«AAAAAAHHHHHH!!!!!!»

Il trillo del cellulare

Il trillo del cellulare mi fa sobbalzare mentre Selvaggia mi sta facendo un pompino. Lei non dà segno di volersi fermare. Io controllo il numero in entrata. Mordecai.

«Oh, merda!»

Selvaggia si ferma. Alza gli occhi.

«Che c'è?»

«Niente. È che mi sono dimenticato di comprare un libro di Fabio Volo.»

«E ti telefonano per questo?»

«Più o meno.»

«Porca puttana, ma che roba è? Marketing d'assalto? Non si rendono conto che stanno esagerando? Adesso se ti beccano che non compri i libri di Volo ti telefonano pure? Sono peggio di Tim e Vodafone messi assieme. Aspetta che gli rispondo io.»

«No, Selv...»

Troppo tardi. Si è già impossessata del mio cellulare.

«PRONTO! MA SI PUÒ SAPERE CHE CAZZO VOLETE?» sbotta, levandosi dalla bocca uno dei miei peli pubici ma senza dare modo a Mordecai di risponderle. «COS'È, ADESSO COMPRARE I LIBRI DI FABIO VOLO È DIVENTATO OBBLIGATORIO? MA NON VI VERGOGNATE DI ESSERE ARRIVATI AL PUNTO DI TELEFONARE ALLA GENTE PER AUMENTARE LE VENDITE? E SE DORMIVAMO? LO SAPPIAMO CHE UNA VOLTA FACEVA IL PANETTIERE E CHE È

TANTO SIMPATICO E CHE OLTRE A FARE LO SCRITTORE FA LA RADIO IL CINEMA LA TELEVISIONE E CHE PROPRIO IN QUANTO EX PANETTIERE SI MERITA TUTTO IL SUCCESSO CHE STA AVENDO, PERÒ NOI QUI STAVAMO TROMBANDO, ANZI PER LA PRECISIONE MI AVETE INTERROTTA NEL BEL MEZZO DI UNO DEI MIEI FAVOLOSI POMPINI, PERCIÒ RIFERITE A VOLO CHE ANCHE SE FACEVA IL PANETTIERE ECCETERA NOI IL SUO LIBRO NON LO COMPREREMO MAI E GIÀ CHE CI SIETE VEDETE DI ANDARVENE AFFANCULO, GRAZIE!»

Chiude la comunicazione. Mi strizza l'occhio con un ghigno soddisfatto. Spegne il cellulare e lo butta alle sue spalle.

«Dov'eravamo rimasti?» mi sussurra con la sua voce rauca ma sexy.

Ovviamente nel frattempo mi si è smosciato. Ma lei prima mi accarezza le palle, poi prende in mano l'asta, infine posa le labbra sul glande. Resuscito. E pazienza per lo Strega e per il resto. Tanto ormai io sono Nanni Moretti. Chi m'ammazza?

Essere Nanni Moretti

Essere Nanni Moretti.

Uhm.

Mi guardo allo specchio.

Io.

Sono.

Nanni.

Moretti.

«Io... sono... Nanni... Moretti.»

Lo dico ad alta voce al volto che mi sta fissando.

No.

Non ci siamo.

«Io sono Nanni Moretti. Io sono Nanni Moretti. Io sono Nanni Moretti.»

Ecco.

Così.

Mi scruto.

Penso a Hemingway e alla Kidman.

«Io sono Nanni Moretti. Io sono Nanni Moretti. Io sono Nanni Moretti.»

Inspiro.

Espiro.

Domani è il gran giorno.

Quando mi sveglio

Quando mi sveglio Selvaggia sta facendo la verticale, nuda, sul terrazzo della nostra camera d'albergo. Il cellulare lampeggia. Ho un messaggio in segreteria telefonica. Lo ascolto.

«Bruno, sono Mordecai. Si può sapere che ti prende? Perché non mi rispondi? E perché mi fai insultare da quella pazza? Non so più che pensare. Ti ho spalancato le porte della gloria letteraria e tu mi sfanculi così. Non si fa. A meno che... a meno che tu non ti sia rivenduto l'idea al gruppo Gems. È così, Bruno? Ti sei rivenduto la mia idea al gruppo Gems? Stai scrivendo per loro? Guarda che se firmi con una casa editrice del gruppo Gems e fai uscire un romanzo presentandoti come un ventenne affetto dalla sindrome di Werner io ti rovino. L'idea del ventenne invecchiato precocemente a causa della sindrome di Werner è mia. Ti faccio finire in tribunale e chiedo un milione di euro in danni. No, due. Bruno, cazzo, rispondimi. Qui in Mondadori continuano a chiedermi quand'è che firmi il contratto. Guarda che solo di anticipo sono riuscito a farti dare quello che danno a Porscia Creso, due milioni di euro netti, dico due milioni di euro. Non so se mi spiego. Cos'è, ti fanno schifo? O il gruppo Gems ti dà di più? Bruno, guarda che anche se il gruppo Gems ti dà di più io poi ti trascino in tribunale e ti porto via tutto, ci siamo capiti? Tu non puoi far...»

Il messaggio si interrompe. La segreteria ha esaurito lo spazio

disponibile. Due milioni di euro solo di anticipo. Come a Porscia Creso. Che stronzo. Io valgo molto più di Porscia Creso.

Accendo la tivù. C'è Fazio. Vediamo un po' chi sono gli ospiti. Caterina Caselli. Juri Chechi. Stefania Rocca. Giu... Giuseppe... CULICCHIA?

Spengo la tivù.

Come cazzo ha fatto Fazio a invitare Giuseppe Culicchia?

Mi viene da vomitare.

Sul serio.

Calmo, mi dico.

Devo restare calmo.

Oltretutto ormai chissenefrega di Giuseppe Culicchia.

Io sono Nanni Moretti.

La Mostra del Cinema di Venezia

La Mostra del Cinema di Venezia ci accoglie sul molo del Lido nella persona di Alberto Barbera. C'è il sole, e Selvaggia, che aiuto a scendere dal taxi motoscafo, è stupenda con il suo pancione, mentre Alberto Barbera è elegantissimo nel suo smoking bianco. Io mi sono vestito da Ur-Nanni Moretti, polo e pantaloni kaki. Veniamo bersagliati dai flash dei fotografi, proprio come si vede alla tivù. E dalla folla dietro le transenne sento gridare il mio nome.

«Nanni Moretti! Nanni Moretti!»

Sorrido.

«Nanni! Che piacere! Ti ringrazio per essere venuto!» mi stringe la mano con grande calore Alberto Barbera.

«Alberto!» mi adeguo subito al tu. «Grazie a te per l'invito. Tutto bene?»

«Sì, grazie. Voi avete fatto buon viaggio? Tra l'altro, vedo che la tua nuova assistente aspetta... un bambino o una bambina?»

«Un bambino» sorrido. Poi mi ricordo di dover fare le presentazioni: «Ah, già, che voi ancora non vi conoscete: Alberto Barbera, Lilli Gruber. Omonima di quell'altra, naturalmente».

Alberto Barbera e Selvaggia si stringono la mano. Si guardano.

«Forse... ci siamo già visti?» le chiede lui. «Ma dove?»

«Non mi pare» si stringe nelle spalle lei.

«Comunque un bel maschietto, complimenti!» ci fa Alberto Barbera.

«Grazie, grazie.»

Insieme ci avviamo verso il Palazzo del Cinema. Lungo il tragitto Alberto Barbera mi parla dei titoli in concorso quest'anno, ce n'è anche uno uzbeko e perfino due kazaki, ma pare che il favorito per il Leone d'Oro sia un film girato dal maggior esponente della nuova ondata di giovani registi della Micronesia, e io mi limito ad ascoltarlo. Dopodiché arriviamo al Palazzo, dove ci attendono altri flash e altre urla:

«Nanni Moretti! Nanni Moretti!»

Alberto Barbera sorride, splendido nel suo smoking bianco. Io sorrido, un po' meno splendido nella mia uniforme da Nanni Moretti. Sorride anche Selvaggia alias Lilli Gruber, che però poi mi prende per un braccio e all'orecchio mi sussurra:

«Cazzo, ho ricostruito tutto: ogni tanto veniva al Black Diamond. Speriamo che non si ricordi. Magari il pancione aiuta.»

Accontentati i fotografi, saliamo le scale del Palazzo del Cinema.

«Vieni, Nanni, andiamo un secondo nel mio ufficio che Angela ti fa firmare un paio di scartoffie per il cachet eccetera e poi andiamo al dibattito.»

«Va bene.»

Io e Selvaggia lo seguiamo, incrociando tra gli altri Vincent Cassel, che quando mi vede strabuzza gli occhi con aria sbalordita e mi fa:

«*Nannì! Et ton smokìng?*»

«*Eh, mon smokìng...*» allargo le braccia.

Proseguiamo.

E io non faccio in tempo ad architettare qualcosa di sensato nel caso malaugurato che Alberto Barbera si ricordasse all'improvviso di aver già visto Selvaggia al Black Diamond che lui spalanca la porta del suo ufficio, e però non c'è questa Angela Savoldi.

C'è... Michele Apicella?

Mi sa di no.

Questo è Nanni Moretti.

L'altro.

In smoking.

Nanni Moretti

Nanni Moretti.

L'altro Nanni Moretti.

Non Michele Apicella.

Lo so perché li ho studiati talmente tanto che riesco a distinguerli senza che aprano bocca.

L'altro Nanni Moretti mi guarda, apre bocca e fa:

«Apperò!»

Poi, ad Alberto Barbera:

«Grazie, Alberto.»

Alberto Barbera esce, chiudendo me e Selvaggia nel suo ufficio insieme con l'altro Nanni Moretti.

L'altro Nanni Moretti.

Ma porcaccia la miseriaccia, penso. Lo sapevo.

«Allora?» ci fa l'altro Nanni Moretti.

Io e Selvaggia ci scambiamo un'occhiata.

Lei porta le mani al pancione.

Io, per la prima volta in vita mia, mi rendo conto che la terra, sotto i piedi, la si sente sprofondare davvero. Non è un modo di dire.

«Prego, signora, si accomodi» dice l'altro Nanni Moretti a Selvaggia, indicandole una delle due sedie davanti alla scrivania di Alberto Barbera.

Selvaggia si siede.

Non fosse che lui è in smoking e io no, mi sembrerebbe di stare

davanti a uno specchio. Siamo due gocce d'acqua. A parte le orecchie. Chi fa caso comunque alle orecchie? Forse la Porscia Creso, che scrive thriller eccetera. Ma se lui è l'altro Nanni Moretti, quello vero, io chi sono?

L'altro Nanni Moretti fa il giro della scrivania e prende posto sulla poltrona di Alberto Barbera. A questo punto, mi siedo anch'io sulla sedia accanto a quella di Selvaggia.

Che faremo, ora?

Chi sarò, io?

Non più Nanni Moretti.

Di nuovo Bruno Bruni.

Vabbè.

Continuiamo così.

Facciamoci del male.

L'altro Nanni Moretti ci guarda.

«Avete per caso qualcosa da raccontarmi? Non lo so, qualche episodio, qualche aneddoto. Ne avrete qualcuno, no? Da quant'è che va avanti questa storia?»

Io e Selvaggia ci scambiamo di nuovo un'occhiata.

Gli raccontiamo tutto.*

* Nota dell'Autore: a questo punto i lettori più fedeli possono prendere alla lettera quanto affermato dalla voce narrante e rileggere daccapo il romanzo. In realtà, potrebbero poi rileggerlo nuovamente ogni volta che arrivano qui. Non scopriranno mai il finale, ma ci tenevo a inserire questa nota che fa tanto metanarrazione, tipo Wu Ming.

Io non sono Nanni Moretti

«Io non sono Nanni Moretti» mi dice l'altro Nanni Moretti. «È così che ho sempre risposto, per strada, a chi mi chiedeva se fossi Nanni Moretti.»

«Lo so.»

«E vede, lei adesso se ne è approfittato del fatto di essere Nanni Moretti, si è girato mezza Italia gratis, non solo, si è perfino spinto in Europa. E si è divertito, anche. O no?»

«Beh, sì.»

«Eh, lo immagino. Io invece tante volte non mi diverto affatto, sa? Perché un conto è essere Nanni Moretti se non si è Nanni Moretti, e un conto è essere Nanni Moretti se si è Nanni Moretti. Mi spiego?»

«Più o meno» ammetto.

«Scommetto che lei invece ha già capito, vero?» fa lui a Selvaggia.

«Credo di sì.»

Si gratta la barba, identica alla mia come tutto il resto, a parte naturalmente le orecchie.

Di riflesso, me la gratto anch'io.

«Vedete, io non faccio il mestiere del regista. Ogni tanto faccio un film, ecco tutto. Ho un rapporto abbastanza personale e delicato con il mio lavoro. Quando sento di poter comunicare qualcosa con un film, comincio a lavorare. E d'altra parte non potrei fare un film dietro l'altro, i miei non sono pacchetti natalizi, sono pezzi di

vita. Non sono ossessionato dall'idea di essere presente sempre e dovunque con i miei film, sui giornali, in televisione.»

«Lo sappiamo» dico io per tutti e due, cioè per me e Selvaggia.

«Però, per il solo fatto di essere Nanni Moretti, voi non avete idea di quante seccature debba fronteggiare ogni singolo giorno della mia vita. Vogliono sapere che cosa ne penso di questo e di quello, mi vogliono dare il premio alla carriera e quello della Castagna d'Oro, mi invitano di qua e di là, una cosa via l'altra, roba da non credere. E non solo quando esce un film, che uno già lo sa che deve rassegnarsi a fare promozione. No, anche nei periodi normali, quando anziché andare in giro a destra e a manca in teoria ma pure in pratica dovrei lavorare. Ma ormai l'Italia è piena di festival, sagre, iniziative, tutti hanno un progetto, una rassegna, un circolo. E va bene, per carità, anzi, guai se queste cose non ci fossero. Però uno dovrà pur avere il tempo per pensare, scrivere, girare, no? La scorsa settimana mi hanno perfino chiesto di girare la pubblicità del nuovo libro di Porscia Creso. Ma vi pare possibile che con tutto quello che ho da fare debba star dietro a cose così? E poi non so se avete presente i sindaci appassionati di storia locale...»

Io e Selvaggia annuiamo.

«E io per carità filtro moltissimo, il più delle volte mi nego, in certi casi divento addirittura maleducato e non richiamo quando mi lasciano un messaggio in segreteria telefonica, ma comunque spreco un mucchio di tempo e di energia per star dietro a una quantità di fuffa. Eh sì, fuffa: perché se sto pensando a un film, se sto lavorando alla sceneggiatura, io devo potermi concentrare su quello che sto facendo, che poi è l'unica cosa che in definitiva conti davvero. Perché non so se vi ricordate quella scena di *Caro diario* in cui dico che penso che vivrò fino a ottant'anni, e c'è quel tipo con il metro in mano, un metro da muratore, e lo allunga fino a ottanta centimetri e poi lo accorcia togliendo l'equivalente dei miei anni, all'epoca quarantaquattro.»

Io e Selvaggia annuiamo.

«Ecco, voglio dire, quel metro nel frattempo si è ulteriormente

accorciato. E io di film in testa ne ho ancora tanti, da girare. Non uno o due, ma tanti. Solo che di questo passo non ci riuscirò mai. E se Nanni Moretti non ha più modo di dedicarsi con la dovuta serenità e continuità al suo lavoro, Nanni Moretti finisce, capite?»

«Capiamo» dice Selvaggia.

«E allora, ecco, io in questi giorni che aspettavo di vedervi arrivare belli belli al Festival di Venezia ci ho pensato a lungo. E sono arrivato a questa conclusione: perché mai denunciarvi? Perché mai mettervi nei pasticci che oltretutto tra un po' vi nasce un bambino? E dovrei pure buttare altro tempo e impiegare altra energia in questura o al commissariato, quando in realtà voi e io, sempre se vi va, si capisce, possiamo darci una mano?»

Io guardo Selvaggia.

Selvaggia guarda me.

Io e Selvaggia guardiamo l'altro Nanni Moretti.

«Allora sentite, facciamo così: io non vi denuncio. E non vi invito nemmeno a desistere. Al contrario. Voi continuate a fare con la mia espressa autorizzazione quello che state facendo. E io vi passo pure uno stipendio. Però la cosa non deve uscire da questa stanza. E in ogni caso ci coordiniamo. Nel senso che vi occupate voi di tutte le cose che mi impediscono di lavorare. Molte anche belle, eh? Per esempio tra un mese fanno una mia retrospettiva a New York. E ci dovrei essere. Ma io tra un mese avrò già iniziato le riprese del mio prossimo film. Che ne dite? Si può fare, no?»

«Cazzo sì che si può fare!» esclama Selvaggia.

«Beh, sì» dico io.

«Oh, molto bene! Allora è fatta. Adesso ve ne state qui a Venezia finché ce n'è bisogno, poi per cortesia andate al posto mio al Festival di Gavoi, in Sardegna, che è bellissimo ma così scomodo. E subito dopo a una mia retrospettiva organizzata dall'Istituto Italiano di Cultura a Oslo. Va bene?»

E mentre stringo la mano all'altro Nanni Moretti, e mi chiedo se in definitiva si tratti di uno scampato pericolo o di una condanna, focalizzo tra le altre cose tutti gli appassionati di storia locale che

mi toccherà ancora incontrare, e mi dico che no, di questo passo non lo scriverò davvero mai, io, il Grande Romanzo Italiano. Ma in compenso rimarrò Nanni Moretti. E comunque, se tanto mi dà tanto, questo benedetto Grande Romanzo Italiano non lo scriverà nemmeno Giuseppe Culicchia.

«Un'ultima cosa» dico all'altro Nanni Moretti, «mi tolga una curiosità: come si intitolerà il suo prossimo film?»

«Beh, sa, queste cose non si dicono così, al primo che passa.»

«Ma io non sono il primo che passa. Sono Nanni Moretti.»

Lui allora per la prima volta mi sorride, e mi fa:

«È vero, non ci avevo pensato. Il mio prossimo film si intitolerà... *Essere Nanni Moretti.*»

Titoli di coda

BRUNO BRUNI interpretato da Bruno Bruni
SELVAGGIA interpretata da Selvaggia
MORDECAI interpretato da Mordecai
ANTONIO FRANCHINI interpretato da Antonio Franchini
CRISTIANA interpretata da Cristiana
NANNI MORETTI interpretato da Bruno Bruni
LILLI GRUBER interpretata da Selvaggia
GIUSEPPE CULICCHIA interpretato da Giuseppe Culicchia
ALLEGRA interpretata da Allegra
PORSCIA CRESO interpretata da Porscia Creso
PROFESSOR MANGIA interpretato dal Professor Mangia
ALBERTO BARBERA interpretato da Alberto Barbera
VINCENT CASSEL interpretato da Vincent Cassel
NANNI MORETTI interpretato da Nanni Moretti

La voce di ANGELA SAVOLDI è di Angela Savoldi.

Realizzato a Torino tra l'autunno del 2015 e l'estate del 2017
Soggetto originale di Giuseppe Culicchia
Da un'idea di Giuseppe Culicchia
Sceneggiatura di Giuseppe Culicchia
Regia di Giuseppe Culicchia

Fotografia di Giuseppe Culicchia
Assistente alla regia Margherita Trotta
Tecnico audio Federico Culicchia
Effetti speciali Francesco Culicchia

Si ringraziano i Comuni di Torino, Noli, Bardonecchia, Castiglioncello, Viterbo, Ravello, Favignana, Pantelleria, Lampedusa, Altamura, Perugia, Rimini, Cesenatico, l'ambasciata italiana a Berlino e quella di Parigi, l'Istituto Italiano di Cultura di Mosca e quello di Pechino, il Diamond Club e il Caffè Fiorio di Torino, l'albergo Italia di Noli, il ristorante La Lanterna di Riomaggiore, l'Hotel Costes di Parigi e la libreria Feltrinelli in galleria Alberto Sordi a Roma.

Giuseppe Culicchia desidera ringraziare Antonio Franchini per essersi prestato a interpretare Antonio Franchini. Grazie a Giulia Ichino che per prima ha creduto in *Essere Nanni Moretti*, e a Carlo Carabba che ci ha creduto dopo di lei. E poi come sempre grazie a Francesco ed Elisabetta, Walter e Ada, Nuzzo e Tina, Pier Vittorio e Gianandrea, Fabrizio e Graziano. Grazie a Francesca. Grazie a Ottavia. Grazie a Cristina. Grazie a Sergio per avermi telefonato. Un grazie speciale a Margherita, non solo per gli occhi di falco e i suggerimenti preziosi. E grazie a Federico. E grazie a Francesco. Perché senza di voi non sarei quello che sono.

«Michele Apicella è finalmente Moretti anche se a volte Moretti sembra di nuovo Apicella ma poi no, è sempre Moretti che comunque...»

Flavio De Bernardinis, *Nanni Moretti*, Il Castoro

IL CORTOMETRAGGIO

di

Giuseppe Culicchia

Un ladro mi ha rubato l'identità

Qualche giorno fa, non so di preciso quando, mi hanno rubato l'identità. Non è l'incipit di un racconto kafkiano, ma la pura e semplice verità. E quando l'altro pomeriggio sono andato a fare denuncia in un commissariato di Torino, il funzionario di polizia mi ha guardato a dir poco perplesso. «In che senso, scusi?» mi ha chiesto. Ho provato a spiegarglielo. Lunedì scorso stavo scrivendo qualcosa, quando a un tratto ho ricevuto una telefonata. Era una voce femminile: «Buongiorno, cerco il signor Giuseppe Culicchia». «Trovato» ho risposto, pensando che si trattasse di lavoro. «Lei è Giuseppe Culicchia?» mi sono sentito chiedere. «Sì» ho ribadito. «Ed è nato il 30 aprile 1965?» ha proseguito la voce femminile. «Esatto.» A quel punto ho pensato che si trattasse chessò, di una chiromante, così ho indagato a mia volta: «E io con chi parlo?». Era la dipendente di una finanziaria, presso cui un negoziante di computer aveva inoltrato una richiesta di finanziamento per l'acquisto rateale di un aggeggio elettronico. L'acquisto risaliva al pomeriggio del sabato precedente, ed era stato fatto da un certo Giuseppe Culicchia, nato anche lui il 30 aprile 1965. «Sono anni che non compro nulla a rate» ho spiegato alla signora della finanziaria, «e poi sabato pomeriggio ero allo stadio per l'anticipo di Serie A.» Lei allora mi ha detto che questo altro Giuseppe Culicchia, a cui stranamente non importava nulla di Toro-Cagliari, aveva declinato al negoziante il mio stesso codice fiscale, ed esibito una patente intestata a mio nome. «Non capisco» ho ammesso, temendo per un istante che davvero esistesse un mio doppio: e dire che non mi ero nemmeno mai sognato di farmi un Avatar su Second Life. «Con ogni probabilità si tratta di un tentativo di truffa» mi ha rassicurato la signora. «Ci è venuto il dubbio quando abbiamo ve-

rificato delle inesattezze riguardo alla sua residenza e ai suoi dati bancari. Lei dove risiede?» Ho risposto alla domanda, ma subito me ne sono pentito: chi mi assicurava che la signora al telefono fosse davvero la dipendente di una finanziaria? Le stavo fornendo i dati mancanti per poter portare a termine con successo il tentativo di truffa? «Le consiglio di fare denuncia, e di avvertire il nostro ufficio legale» mi ha detto la signora, dettandomi un numero di Milano. Nel dubbio, ho chiamato. Ha risposto una seconda voce femminile, questa volta registrata, che dalla sede principale della finanziaria mi ha chiesto di attendere in linea. È partita, come usa in questi casi, un'apposita musichetta. Dopo un tot di minuti, ho parlato con un operatore, che mi ha passato un impiegato dell'ufficio legale. «Buongiorno» ho detto, «sono Giuseppe Culicchia.» Dopodiché ho spiegato il motivo della mia telefonata, e ho chiesto di conoscere i dettagli della faccenda: la patente, per esempio, quando e dove era stata rilasciata? A quel punto, l'impiegato dell'ufficio legale mi ha detto: «E chi mi assicura che sia proprio lei il vero Giuseppe Culicchia?». Non potevo crederci. «Beh» ho risposto, «all'epoca dell'università, quando seguivo certi corsi di filosofia, in effetti qualche dubbio ce l'avevo anch'io. Ma mi creda, sulla mia carta d'identità c'è scritto che io sono Giuseppe Culicchia. E sabato pomeriggio ero allo stadio: me lo ricordo benissimo, era un pezzo che il Toro non vinceva per 2-0.» L'impiegato dell'ufficio legale mi ha detto che per poter ottenere informazioni più precise dovevo fare denuncia alla polizia. Così ci sono andato. Salvo che poco dopo, all'ufficio denunce, quando ho raccontato al funzionario che ero lì perché mi avevano rubato l'identità, prima lui mi ha guardato a dir poco perplesso, chiedendomi ulteriori spiegazioni, poi mi ha detto che aveva bisogno di una comunicazione scritta sull'accaduto da parte della finanziaria: «Altrimenti chi ci dice che queste persone che le hanno telefonato sono veramente della finanziaria?». Ho ribattuto che quando avevo chiamato il numero milanese avevo ascoltato una voce registrata, e poi un'apposita musichetta, e poi avevo parlato con un operatore, e poi con un impiegato dell'ufficio legale. Il funzionario ha scosso la testa: «Noi abbiamo bisogno di una comunicazione scritta». Sono tornato a casa, ho richiamato la finanziaria. Naturalmente l'impiegato con cui avevo parlato non c'era, ma al posto suo ce n'era un altro. Ho rispiegato tutta la faccenda, fregandomene di quello che avevo studiato ai tempi dell'università e giurando

che io, proprio io, ero il vero Giuseppe Culicchia. «Qui, ufficio truffe.» Mi sono sentito dire che avrei dovuto chiedere la comunicazione scritta alla prima signora, quella che mi aveva avvertito. Ho richiamato la signora, che se non altro ha riconosciuto la mia voce. Ma che da parte sua, mi ha spiegato gentilmente, la comunicazione scritta non poteva farmela. Casomai poteva darmi il numero dell'ufficio truffe: loro sì, me l'avrebbero fatta. Ho chiamato l'ufficio truffe, rispiegando tutta la storia. «Beh, vede, signor... Giuseppe Culicchia» mi ha detto un'altra voce femminile. «Noi capiamo il suo problema. Ma... chi ci assicura che sia davvero lei il signor Giuseppe Culicchia?» Lo sapevo, era una cosa banale, da Dizionario dei luoghi comuni: ma non mi è venuto in mente nient'altro. E per la gioia di Flaubert, sono sbottato: «Ma tutto ciò è kafkiano!». Frase magica. La voce femminile all'altro capo del filo infatti ha ammesso: «Ha ragione, tutto ciò è kafkiano». E, commossa, mi ha detto che se le avessi mandato via fax una richiesta scritta per avere una comunicazione scritta, lei la comunicazione scritta me l'avrebbe a sua volta faxata. Con quella, ho potuto finalmente fare denuncia. Per furto d'identità.

Indice